雲

フォルカー・ミヒェルス編〈倉田勇治訳〉

ヘルマン・ヘッセ
エッセイと詩

ヘッセの水彩画並びに写真〈トーマス・シュミット撮影〉

朝日出版社

ヘルマン・ヘッセは1877年7月2日に、バルト海沿岸出身のドイツ人宣教師とシュヴァーベンのインド学者の娘の息子として、ヴュルテンベルグ州のカルプに生まれました。そして1946年にはノーベル文学賞を受賞し、1962年8月9日にルガノ近郊のモンタニョーラで他界しました。

彼の本は、次第に発行部数を重ねてほぼ一億冊発行され、全世界に広がるところとなり、その結果ヘッセは、20世紀のドイツ語圏のもっとも読み親しまれた作家のひとりになりました。

雲とその移ろいゆく自由な色彩と形の微妙な変化から、ヘルマン・ヘッセほどに多くのものを得ることができた作家はほとんどいません。ヘッセは、『ペーター・カーメンチント』の初期作品から『ガラス玉演戯』の晩年の散文に至るまでの数々の詩、エッセイそれに自然描写のなかで、空のこの諸々の現象の魅力を描きそして説明することを心得ていました。私たちの版は、これらのテキストのなかでももっとも美しいものを集め、そしてそれらをトーマス・シュミットがカメラを使い追体験いたしました。

「雲は昔からヘルマン・ヘッセの想像力をかき立てた。空にさざ波を立て、細い縞線を引き、空を区画し、空に斑点や滴模様や条(すじ)をつけ、空をベールのように覆い、また小さなかたまりとなって空に浮かぶ雲、形なき形の雲、見たところ無から生まれ無に帰して消える雲。雲はわがままで、同じ方向に旅しつづけることに我慢がならない。雲は捕らえることができない。ただ見ることができるだけである。雲は詩人により呪縛されはしない。しかしながら、彼はその姿を不変にして妥当なものに仕立て上げている。」

パウル・テューラー

目次

雲 6
雲の歌 15
［雲の美しさとメランコリー］ 19
［対話］ 25
野を越えて… 28
波濤のごとく 31
［南風］ 33
軽やかな雲 37
見知らぬ町 38
聖地をめざす旅人 40
嵐 42
母の夢 54
ルール 56
かき曇った夜 58

ときおり 111
こんなにもしきりに— 112
途上にありて 114
美しいものの持続 118
春 120
《ねむれる家の上に…》 122
《私の頭上では…》 124
紅海の夕べ 125
［セイロンの思い出］ 128
アレグロ 135
《火を見るのです…》 136
《彼は立ち上がり…》 138
孤独 140
雨の日々 143

あの美しい雲 60
フィエーゾレ 65
ながめる人 66
夕べの色 70
夕べの雲 76
夜の感情 79
エリーザベト 80
春の日 85
私の人生は何であったのか？ 86
奇妙な自然の戯れ 88
白い雲 93
雲 96
霧 99
曇り空 104
夜の行進の道すがら 146
《あのサンザシの生け垣の…》 148
あの花咲く枝 150
夕べの雲 151
ことば 162
バッハのトッカータに寄せて 166
中国風に 169
《このところ…》 171
《降りてゆくことは…》 173
南風（フェーン）が吹く夜 174
終曲 176
編者あとがき 178
訳者あとがき 190

［］は編者による、《》は冒頭部分によるタイトル

雲 Wolken

初出
新聞「Württemberger Zeitung」(1907)
遺稿からの短い散文『無為の術』
Die Kunst des Müßiggangs (1973) 所収

私は、風景画家たちの仕事ぶりを見るたびに、青空もしくはそのほかの色の空に、なんともすばやくまた造作なく、感じがよくてきれいでとても趣のある雲の絵が描き添えられるのを目にして、よく驚かされたものだった。これは、私たち詩人にとっても実に驚くべきほど造作なくやってのけられる詩作と事情が似ている。しかしながら、あとになってそれらを長くまたよく見つめれば見つめるほどに、感じがよい詩も雲も安物であって、眼力のある目に耐えるものなどはめったにないことに気づき、ますます悄然たる思いになるのである。私がこれまでに目にしてきた幾千もの雲の絵のなかで、今もってときおり、私の思い出の空の上を流れ行くものは、ほんのわずかにすぎない。それも恐ろしいほどにわずかなのだ。そしてなんとそのほとんどが、古(いにしえ)の大家の手によるものとくる。ところが、よく耳にするように、風とそのさまざまな現象は、数十年前にようやくにして、芸術家たちにより発見、いやほとんど考え出された代物であるということになっている。私がいくつかの本当に見るに耐える雲を見ることができる比較的最近の画家たちのなか

に、スイス人のセガンティーニとホードラがいる。セガンティーニはアルプスの雲をいくつか描いた。それらの雲はなるほど、少しばかり重々しくて即物的な絵のようなのだが、しかしこの点をのぞけば、神の手による作のようだ。またホードラは、何度か、とりわけバーゼル美術館のほとんど見栄えがしない小さな絵の上に、まったくうっすらとしていて形がなく、小さくて白い靄（もや）のようなものを描いたのだが、これが、信じられないほど雅やかに鏡のような青い湖面の上空をただよい、そして風全体に生命（いのち）を吹き込んでいるのだ。

　とは言え私は、画家談義をするつもりなどなかった。この領域にかけては、詩人たちにはとんとお呼びがかからず、専門家にとって代わられてしまった。ところがこの連中ときたら、じっさいに叙述して印象を与えるべき段になると たいてい、詩人をひどく利用したり、あるいはしみじみとした思いになると、みずからがまた詩作に打って出るという始末なのだ。というのは、美学のみならずどの学問も、決定的な瞬間には、目とことばの純粋に芸術的な、直接的な結びつきを、すなわち、人のこころにおちる表現能力を、必要とするからである。

私は雲の写真もまたよく見た。そしてなかには完璧なものがあったことを言っておかねばならない。もっとも、乾板の色彩感度がじゅうぶんではないために、数多くはなかったけれども。その場合、ただ空だけが撮られた写真もあったが、その添景に一片の大地も映っていないものは、たいてい失敗作であった。というのは、こうした写真は見る者に、動的な印象をほとんど与えられなかったし、そればかりかまた、それを見つめる者が距離のあいまいさを覚え続けさせられることにより、個々のすばらしい効果が取り消されてしまうからなのだ。

雲が美しく意味深いものになるのは、まさしく雲が動き、そして私たちの目には生命（いのち）をもたない空間である空に、雲が距離と容積とそれに間を生み出すからこそだ、と私には思われる。この距離と容積がとんでもない欺きを働くことなどは、まったくささいなことである。水面（みなも）に浮かぶ物もまったく同様に人を欺いている。つまり、目というものはいつも、己と対象との間の距離を多く見積もり、片や対象と対岸ないしは水平線との間の距離は少なく見積もるものなのだ。

雲のおかげで、大気圏はじゅうぶんに目でとらえることができるものになる。もし雲がなければ、そこに眼（まなこ）はもはや何も見いださず、関心と注意を失うこと著しいだろう。すなわち、大気圏は雲のおかげで大地と地続きのものになるのである。鳥も、紙の凧も、打ち上げ花火も、ささやかながら一役買っている。つまり、私たちは、たった今し方までは空（うつ）ろであり無であったものを、ほんの少しのあいだ、分割できる空間として感じるのである。大気圏は空（うつ）ろなものではないという理（ことわり）をただ知るだけでは、私たちにこの働きをなしえないだろう。というのは、目は理性の言い分をやすやすとは信じないからなのだ。その証拠にじっさい、反対のことをよくよく知っているにもかかわらず、目は太陽が動き大地が静止しているのを見ているではないか。

鳥がささやかに行うことを、雲は大規模にやってのける。雲は巨大な空間を目でとらえることができるようにし、生命（いのち）を与え、見たところ測量可能にして、それと私たちとを結びつけるのだ。なにしろ雲は私たちの一員であり、この地上のものであり、この地上の水であり、そして雲は、天空へと上昇する様子が目に見え、目には見えない空間のなかで大地の存在と生とを継続している、大地と地上の物質の唯一の片割れなのだから。

だから、午後に散歩するどの人にも感じられる雲の象徴的なところもまた然（しか）り、太陽や、月や、星々を見るのとはまったく異なった心象と感情を呼び起こすの

である。後者は、この地上のものではなく、また測量可能なほどに近くもない。そうではなくて、固有の存在と生命（いのち）とをもっている。これらは、空間をただよう大地の片割れではなく、その形と動きとは、私たちにとって身近で、なじみのある自然の諸力によるものではない。しかしながら雲は、私たちと光と闇を、また風と暖かさを分かち合っている。それらは、固有の世界をなすものではなく、私たちの世界の一部分であり、私たちが理解し、同時に私たち自身が感じている法則の支配下にあって、私たちの目の前で生まれては消え、そしてたえずまた大地に帰ってくる。

しかし、この帰還を私たちが目にすることはめったにない。雨や雪が激しく降っているときには、私たちはもはや雲を見はしない。ところが私たちが雲を見ている間は、その出現が目的にかなっていることを私たちの目は認識することができない。

雲は、大気圏を私たちにとってより可視的なものにするように、大気の動きをもまた私たちにとって知覚可能なものにする。そしてこの大気の動きなるものは、私たちの思考にとっては確かに、神秘的でもなければ、またそれゆえに魅惑的であるわけでもないのだが、しかし私たちの五感にとってはやはり神秘的であり、それゆえに魅惑的でもある。私の頭上百メートルの所で、いや三百メートルの所で、いやいや一千メートルの所で、大気が不安定になり、気流が生じ、互いにぶつかり合い、交差し合い、別れ、そして戦い合おうが、私にとってなんの益もない。ところが、雲あるいは雲の群がさすらい、スピードを上げ下げしながら旅をし、動くのを止め、互いに分かれ、かたまりになり、形を変え、溶けるようになくなり、抵抗し、引き裂かれるのを見ると、これはひとつのドラマであって、興味と関心をひかずにはおかない。

光もまたそうだ。私たちは一見空(うつ)ろに見える青い空間にこれを認めることはない。しかしながら、このなかに雲が浮かべば、雲は、灰色になり、白っぽい灰色になり、白色になり、黄金色になり、バラ色になる。こうなると、私には上空の光はすべて、もはや存在していない代物なんかじゃない。私はそれを見て観察し、そしてそれを楽しむ。太陽がとっくに沈み、そして大地が闇に包まれてしまった晩に、空高くではいまだに雲が赤く燃え、そうして光を浴びて浮かぶのをこれまでに目にしたことがない者など、だれがいよう！

雲は大地の片割れであり物質であり、そして私たちが雲以外には何も物質を認めることのできない上空の空間で、物質としてのこの地上の生を営んでいる。このことに思いをいたすと、するとそれが象徴的なものであることにそく合点がいくのである。雲は私たちにとって、彼方での地上のものの活動の継続であり、物質の自己解体の試みであり、大地の心から出た身ごなし、つまり、光、高み、漂泊、忘我への憧れの身ごなしであるのだ。自然における雲は、人間となりこの世の肉

体をえて羽根を持ちそして重力に抗(あがら)っている、芸術におけるあの精霊や天使といった天上界の存在に等しい。

そして最終的には雲は、私たちにとってさらに、無常のたとえであり、たいていの場合は楽しくて、人のこころを解放する心地のよいたとえなのだ。私たちは、その旅と、戦いと、休息と祝宴を見つめ、夢見ながらその意味を解釈する。そしてこれらのなかに私たちは、人間の戦いと、祝宴と、旅と、戯れを見る。私たちは、この美しい影絵芝居のすべてがなんともはかなく、移ろいやすく、そして無常であるのを知り、快くもまた哀しくなるのである。

雲の歌
Gesang von den Wolken

遺稿からの未発表原稿（1900）
本書初紹介

おまえたち、故郷をもたない者よ、出生の地を知らない者よ、
無限なるものに憧れ没入する者よ、
おまえたちは、おまえたちの律動をもって、われら夢見る者に、
わき起こるおぼろげな予感を抱かせつつ、己の本質を読み取らせる。
おまえたち旅人たち！そしてわれらも旅人なり。
おまえたち安らぎを知らない者たち！
ああ、われらも劣らずかくある者。
おまえたち定まらない者たち、おまえたち母をもたない子どもたち、
おまえたち異邦人たち！そしてわれらも異邦人！
おまえたちが苦しみ、そして向きを変え、

移動を、周行を、また故郷への飛行を
終える日がないように、
長き夜となく
昼となく幾日か、
哀しくもはやるこころで翼をはばたかせては
この地を離れるとも、疲れ、
そしてすべてのなぞがねむれる
昔ながらの深みのなかへと、
希望なく連れ戻されたが、われらのさだめ。

また偉大な歌人（うたびと）たちの魂が、
衝動と満たされぬこころから語り、
そしてきらびやかに日の光に照り映えて群れをなして飛び行き、
はち切れる至福の魅力を放ったように、
雲の小径（こみち）を通り、

風のなかを、嵐のなかを、大河のなかを、そして満ちる潮（うしお）のなかを、
かすかに移ろう赤き日の光を照り返しつつ、
美しい雲は、おのが気に入りの道を行く。
雲のただよう空の色のつらなりほどに、
真昼の湖の深き青ほどに、
静かな入り江の、鏡のごとき水面（みなも）の震えほどに、
すばらしきながめに富むもの何があろう。
何処（いずこ）にかあるとすれば、おまえたちの満々たる水のなかでこそ、
あらゆる救われぬ生命（いのち）が安らぎ、
あらゆる太古の魂が嘆き、
あらゆる魂の憧れの声が問うのである。

嵐と大波のあいまを突き進む
舟人（ふなびと）のきゃしゃな小舟のように、
不安のうちに誕生と死とに

仕切られたわれらの生命（いのち）。
すなわち、刹那であり、意識半ばの胸苦しい夢うつつ。
されど、時間（とき）という櫃（ひつ）のなかに、
永久（とわ）なるものの宝を納める。
風よ、波よ、雲よ、形なくとどまることなく、
おまえたちの内なる本質は、われらににている、
われら旅人に、われら帆が頼りの、止まることのない舟人（ふなびと）に。
おまえたちも、種同じくして多様であれ、
情熱に満ちあふれながらも、されど終着点はもたず、
完全に衝動であり、意志でありながらも、されど永久（とわ）に戯れであれ。
われらは
いまだ覚えたことのない驚きをもっておまえたちのあとを見送る。
おまえたちは、人の口に語られたことのないことばをささやく。
おまえたちは、休むことなくおぼつかぬなぞの筆取りで絵を描き続ける、
生（せい）の絵とそのもっとも深き意味の絵を。

Schönheit und Schwermut der Wolken

「雲の美しさとメランコリー」

1902年執筆
『ペーター・カーメンチント』(1904)
からの抜粋。

山、湖、嵐、それに太陽は私の友であり、私に話をして聞かせ、私を育ててくれた。だから、それらは私にとって長い間、だれかある人間や人間の運命にもまして、愛すべきものであり、なじみのあるものだった。しかしながら、輝く湖や、悲しそうな松、それにひだまりの岩壁にもまして私が好きだったものは、雲であった。

この広い世界に、この私以上に雲のことを知り、雲を愛している男（もの）がいたなら、私に教えてほしい！　あるいは、雲以上に美しいものがこの世に存在したなら、それを私に示してほしい！　雲は、ドラマであり、目の慰めだ。雲は、神の祝福であり、神の賜物だ。しかるにまた雲は怒りであり、死神の力でもあるのだ。雲は、生まれてまもない幼子のこころのように傷つきやすく、柔和で、穏やかだ。雲は、思いやりのある天使のように、美しく、豊かで、慈善を施す。だが雲は、死神の使いのように怪しげで、逃れがたく、無慈悲ときている。雲は、薄い層をなして銀色にたなびき、黄金色に縁取られた白い雲となって笑いながら流れて行く。いやまた雲は、小休止しては、黄や、赤や、それに青みがかった色に染まる。雲は、人殺しのように不気味に徐々に忍び足で近づき、疾走する騎士のように猛スピードでうなり声をあげながらやってくる。雲は、憂鬱な隠者のように悲しげに夢見ながら、色あせた空に垂れこめている。雲は、至福の島の形になったかと思えば、祝福する天使の姿になる。また雲は、脅かす手にたかと思えば、風をうけてはためく帆のようにもなる。いやまた空を渡るツルにもにる。雲は、あらゆる人間の憧れの美しい比喩として、神の天と哀れな地の間を、両者を住処（すみか）としながら、ただよい行く。——雲は大地の夢であり、その夢のなかで大地は、汚れのない天に己の汚れた魂を寄り添わせる。雲は、ありとあらゆるさすらいの、探求の、願望の、それに郷愁の永遠のシンボルだ。そしてこんなふうに雲が、天と地の狭間におずおずと、でも憧れに満ちて誇らかにかかっているように、そんなふうに人間の魂もまた、時間（とき）と永久（とわ）の狭間におずおずと、でも憧れに満ちて誇らかにかかっているのだ。

ああ、雲よ。美しい雲、ただよう雲、休むことのない雲よ！　私は物心つかぬ子どもであった。私は雲が好きで雲を見つめていた。けれども私には、自分もまた雲のような生涯を——さすらい、どこにも故郷をもたず、時間（とき）と永久（とわ）の狭間をただよう生涯を、送るであろうということは、わからなかった。雲は、私にとっては子どものときから、愛しい女友だちであり姉妹であった。路地を行けばきまって、私たちは互いにうなずき合い、あいさつを交わし、そして一瞬、目と目を見つめ合った。また私は、あの頃に雲から学んだものを忘れはしなかった。雲のさまざまな形、色、表情、戯れ、輪舞、踊りと休息、それからそのふしぎな天と地の織り成しの物語を、忘れはしなかった［……］

まもなくするとまた、雲に近づき、雲のなかに足を踏み入れ、眼下にいくつかの雲の群を見ることが許されたときが訪れた。私が最初の頂に、つまりゼンアルプ峰に登ったのは、十歳のときだった。そしてこの峰の麓（ふもと）に私たちの小さな村ミニコンはある。私は、そこに登ってみてじっさいまた初めて、山の恐ろしさと美しさを知ったのであった。深く切れ込んだ峡谷、おびただしい氷と雪解け水、緑色のガラスのような氷河、見るも恐ろしい氷堆積。そしてこれらすべての上に、まるで釣り鐘のように、天空が丸く高くかかっていた。十年もの間、山と湖とにはさまれて暮らし、そして近くの小高い山また山に窮屈に取り囲まれていた者であれば、大きくて広々とした天空が彼の頭上に初めて開かれ、そして眼前に果てしのない水平線が横たわった日のことを、忘れはしない。私は、山道を登っていたときに早くも、下界からはよく見慣れていたあの断崖と岩壁が、圧倒するほどに大きかったのを見て知り、驚かされた。そして今度は、この発見の瞬間に打ち負かされていたところに、とほうもなく広々とした世界がとつぜん、私に襲いかかり

でもするかのように私の視界に飛び込んできた。これを目にした私は、不安と歓喜を禁じえなかった。いやはや、世界というものは、こんなにもすばらしく広かったのだ！　私たちの村全体は、はるか眼下に横たわり、どこへ行ってしまったのかわからないほどで、ただもうひとつの小さな明るい斑点にすぎなかった。谷間からはひしと寄り添っているかに思われた頂であったが、その隔たりときたら、徒歩で数時間もかかるほどだった。

このときであった、私がほのかに感じはじめたのは。自分は、ようやくにして、ほんのわずかに世界を垣間見たにすぎず、しっかりと世界を見たことなどこれまでなかったのだ。この外の世界では立っている山が崩れ落ち、大事件が起こるということがあったのに、私たちの陸の孤島の山間（やまあい）にはこれまで、風の便りすら届いていなかったのだ。しかし同時に、私のこころのなかの何かがさながら羅針盤の針のように震え、本能のおもむくがままの力強さであのはるか彼方を指したのだった。そして今また私は、雲たちの彼方へのさすらいの旅がどんなに果てしのないものかを目にして、雲たちの美しさとメランコリーを初めてあますところなく理解したのであった。

対話
Zwiegespräch

1902年執筆
詩『ベニス近くの墓の島にて』からの抜粋
『イタリア』(1983)所収

色とりどりに咲き染め、
山を出で海を渡るおまえたち、愛する雲たちよ、
私は、おまえたちを愛し、おまえたちを理解した。
おまえたちのさすらいと
雄大な帆走を想わすおまえたちの姿は、
私にとってなじみのあるものであった。
嵐の無秩序な音もまた然りであった。
私は、おまえたちとともに語らい、おまえたちの縁者となり、
また旅の道ずれとなり、遠くへ出かけた。
おまえたちは、今もって私を愛し、私のことを忘れたことがない。

おまえたちの永久のさすらいにつき従い、
街道また街道と長い道のりを踏破して、
おまえたちを愛し、おまえたちのことばを語り、
ただまれに、旅と旅の合間に、
つかのましか人々のもとで心地よくならなかった、この友のことを！
――もしも大地が黙って私に行かせてくれるなら、ならおまえたちは、
私を兄弟として、新たな空の旅に受け入れてくれるか？
おまえたちとともに波風を突いて旅をして、
そしてそれから、聖地をめざす旅人たちに、
私がただひとりこんなにも長く休まずに
歩み続ける郷愁の道を行くように言ってもよいか？
よい、と言え、姉妹たちよ、友たちよ！
私をいっしょに連れて行け！

野を越えて…

Über die Felder…

1900年5月執筆
『詩集』(1977)所収

空の上を、雲が流れ行き、
野の上を、風が吹き行く。
野の上をさすらうは、
わが母の迷える子ども。

通りの上を、木の葉が風に吹かれて舞い飛び、
木々の上で、鳥たちが鳴く——
山の彼方(あなた)の何処にか
わが遠き故郷を想う。

波濤のごとく
Wie eine Welle

1901年5月執筆
『詩集』(1977)所収

青きうしおの潮満ち、想いも満ちて身を起こし、
頭に泡のかんむり戴けど、
力無く、美しく凪ぐ海原の波濤のごとく――

そよかぜに乗り流れつつ、
聖地をめざす旅人にみな憧れ抱かせながら、
昼の光にそまり色あせて、銀色に輝く雲のごとく――

また暑き街角にて、
気まぐれに韻を踏みつつ異国の音色ひびかせて、

おまえのこころを奪いはるか彼方へと連れ去る歌のごとく――
わが生命（いのち）、時間（とき）の世界を瞬時にかけ抜け、
その音ほどなく消え失せるとも、ひそかに
憧憬（あこがれ）と永久（とわ）の国に流れ入る。

南風 Föhn

『ペーター・カーメンチント』(1904)からの抜粋

毎年、冬の終わりになると、ゴーゴーたる低いうなり声をあげて、南風（フェーン）がやってきた。そしてアルプスの住民は、このうなり声を耳にすると、恐ろしくて震えるのである。けれども住民は、この異国で身も細る思いで、この南風（フェーン）を待ち焦がれもしているのだ。

南風（フェーン）が近づくと、もう何時間も前から、男も女も、山も、野獣も家畜も、これを感じ取る。この訪れは、先ずはほとんどいつも冷たい向かい風が吹き、それから、暖かな、ゴーゴーたる低いうなり声の風に変わり、告げ知らされるという具合だ。青緑色の湖が、見る見るうちにインクのように真っ黒になり、そしてとつぜん、せかせかと白い波頭をもたげる。そしてその後まもなく湖は、数分前まではまだ物音ひとつ聞かれず穏やかに横たわっていたものを、まるで海のように怒りの波を岸に打ち寄せては、怒濤のうなり声をあげるのだ。すると同時に、景色全体がおずおずとちぢこまる。ふだんははるか彼方でしゃがみ込み考え込んでいるかのようであった山頂では、今や岩数が数えられる。そしていつもはただ褐色の斑点としてのみ広く点在していた村からは今や、屋根が、切妻が、それに窓が、見分けられる。何もかもが、山が、牧場（まきば）が、そして家々が、まるで臆病者の群のように寄り添っている。そしてそれから、風がうなり轟音（ごうおん）を立てはじめ、大地が震え出す。むち打たれて身を仰け反らすかの湖の波が、煙のように宙を舞って遠くまで吹き飛ばされていく。そしてたえず、とくに夜ともなると、嵐と山々との壮絶な戦いの声が聞こえてくる。それからしばらくすると、やれ小川が土砂で埋まり、家が打ち砕かれた、やれ小舟が壊され、父や兄弟が行方不明だと、知らせが村から村へとかけめぐるのだ。

　子どもの頃、私はこの南風（フェーン）を恐れ、そればかりか憎しみさえしていた。しかしながら、少年の荒っぽさが目覚めると、私は南風（フェーン）が好きになった。叛徒（はんと）であり、永遠の若者であり、生意気な闘士（ファイター）であり、春をもたらす者であった南風（フェーン）が。奴が、生命（いのち）とみなぎる感情と希望とに満ちあふれて、荒れ狂い、笑い、うめきながら荒っぽい戦いを開始し、うなり声をあげながら峡谷をかけ抜け、山の雪をペロリと平らげては、しぶとい老松を荒々しい手でねじ曲げ、そうしてうめき声をあげさせたさまは、実に痛快だった。のちに私は私の愛を深めて、今では南風（フェーン）のなかに甘味で、美しく、あまりにも豊かな南国を感じて歓迎するようになった。なにせあの南国からは、その大気と暖かさと美しさがくり返し流れ来て、山々に激突して砕け散り、ついにはうすら寒い平らな北国で疲れ果てて血を流しつつ客死（かくし）してゆくのだから。南風（フェーン）の季節に山国の人間たちを、とりわけ女たちを襲い、ねむりを奪ってやさしく触れながら五感を刺激する、あの快い南風（フェーン）熱ほど妙なもの、味わいあるものはない。今、近くのイタリアの紫色の湖の畔（ほとり）では早くもまた、サクラソウが、スイセンが、ハタンキョウの枝が、花を咲かせている。この便りはほかでもない、嵐のように激しくまた燃え上がりながら、そっけない貧しさひとしおの北国の胸に飛び込み、そして雪に埋もれた村々にこれを告げることしきりの、あの南国のおかげなのだ。

その後、南風（フェーン）が吹き止み、そして最後の汚い雪崩が溶けてしまうと、すると、美の極致の訪れとなる。こうなると、黄色がかった牧場（まきば）を花の絨毯が覆い、四方八方から山の上に向かって延びて行く。雪をいただく山頂と氷河は、その高みにて、清らかな至福のたたずまいを見せている。そして湖は、青く暖かになり、太陽と行く雲を映している。

こうしたことすべてが子ども時代を満たしうるのはもちろんのこと、必要とあらばそれはまた、一生涯をも満たしうるのである。というのは、こうしたことすべては、これまで決して人間の口に語られたことがないような神のことばを、声高に直（じか）に語っているからだ。このことばをこんなふうに子ども時代に聞いたことがある者には、それが一生涯にわたって耳に残り、甘味に、強く、しかしまた恐ろしくひびくのである。そしてその魔力からは決して逃れられない。

軽やかな雲
Die leise Wolke

1901年1月執筆
『詩集』(1977)所収

細長く、白く、
やわらかで、軽やかな雲ひとつ、
風に吹かれて青き空を流れ行く。
おまえの目を伏せ、
その雲が、白く冷たく、
おまえの青き夢のなかを流れ行くのを感じて、至福に浸れ。

見知らぬ町

Fremde Stadt

1901年4月執筆
『詩集』(1977)所収

なんとも妙に物悲しくしてくれる。
夜の静寂(しじま)のなかに横たわってねむり、
月明かりが屋根に降り注ぐ
見知らぬ町を行くというのは。

塔と切妻の上を、
奇異な雲の群が、
故郷をもたず故郷を探し求める
霊魂のように、静かに大移動する。

それにしてもおまえは、とつぜん打ち負かされて、
悲しみの魔法にかかり、
行李(こうり)をおろして、
いつまでもさめざめと泣き濡れている。

聖地をめざす旅人
Pilger

1901年4月執筆
『詩集』(1977)所収

遠くから雷鳴がひびき、
黒い雲の兵士たちが、
うめき声をあげながら蒸し暑い空を疾走する。
そして森が嘆きはじめる。

ただひとり広野を横切り、
聖地をめざす旅人がひとり、こちらへ歩いてやって来る。
この世の戦(いくさ)のなかで、
幾度となく恥辱と傷を受けたひとりの男が。

木の枝と葉が震えてギシギシと音を立て、
空はいっそう蒸し暑く、またいっそう黄色くなる。
粉塵がもうもうと舞う。
して、聖地をめざすかの旅人は、私自身なり。

嵐 Sturm

1901年執筆
『詩集』(1977)所収

次の日の午前中のそう早くはない時刻に私がさらなる旅路についたとき、灰色と淡紫色のちぎれ雲が嵐模様の空を流れ行き、そして激しい風が私を出迎えた。しばらくすると、私は丘の背の上の方に立ち、そして眼下の湖岸に、あの小さな町が、あの城と教会とそれに小舟の小さな港が、窮屈そうにでも玩具のように楽しげに、横たわっているのを見ていた。私は、昔ここにいた頃のおかしな話を思い出して、思わず失笑した。これは私にとって救いになった。というのは、徒歩旅行の目的地に近づくほどに私は、自分自身認めたくはなかったが、ますます胸にとまどいと重苦しさを覚えていたからだ。

ゴーゴーたる音を立てる冷たい風に吹かれて歩いていると、私は気分がよくなった。私は、猛烈な風に耳を傾け、そして尾根の小道を前進するにつれてしだいに広々と開かれる巨大なパノラマを目にして、こころが騒ぎ歓喜した。北東の方から空が晴れ、その方角に視界が開け、整然として雄大にそびえ立つ青みがかった山脈の長い山並みをのぞかせた。

大洪水か、あるいは巨人たちの戦いがそのままにかたまってしまったかに見える荒々しく雑然と重なり合っている山脈。これを低地用貯水タンクと見なすやとつぜん、この半円形のパノラマがすっきりとして理にかなった、いやそればかりか粋にさえ設計されたひとつのシステムに変身する。奇妙なものだ！　かつて私にこのことを指摘した自然科学者がいた。もちろん、彼のような観察方法はほんの数分しかもたず、その後この秩序はふたたび溶け合って混沌と化してしまう。私は、この山脈がこんなにもギザギザで、あの山脈があんなにもなだらかに波打っているのは、ただここかしこの町の人々にも飲料水と洗濯水が要るためなのだ、などと思いたくはない。

風は高く登るにつれてますます強く吹いた。風は、うめき声をあげ、いやまた笑い声をあげて、すばらしい秋の歌を歌い、とほうもない情熱をのぞかせた。この情熱に比べれば、私たちの情熱など子どもの戯れにすぎないだろう。風は、決して耳にしたことがない太古の言葉を、私の耳に叫んだ。それはさながら太古の神々の名のようであった。風は、空一面にさまようちぎれ雲たちに吹きつけてはそれを整列させ、並行する数本の帯状の雲に仕立て上げた。けれどもその帯状の雲からは、同じ方向を向きながらもしぶしぶ従っているところが見て取れ、また山々がその下で身をかがめているかに見えた。私のこころのかすかなこだわりと不安は、風の轟音と広々とした山地の景色に圧倒されて和らいでいた。私が青春時代との再会に向かって、それにまだ漠然としていた興奮の輪に向かって歩いていたことなどは、道と荒天が私に生き生きと迫ってきてからというもの、もはやそれほど重要なことでも私の頭がいっぱいになることでもなくなっていた。

正午が過ぎてまもなく、私は、山道のいちばん高くなった所に立ち、身体を休めていた。そして私は、なじみのものを探しながらも目にとまるとうろたえつつ、とほうもなく広々と開けた土地の上を、ざっとかすめ見た。そこには緑なす山が立ち、そしてはるか彼方には森で覆われた青い山々に黄色い岩山があった。幾千ものひだをなす丘陵地、その背後には、山脈と険しく切り立った岩に穏やかな青白い雪のピラミッド。山脈の麓にはその全域にわたって横たわる大きな湖。海のような青に白い波頭。湖面にはちりぢりに逃げるヨットがふたつ、身をかがめて滑るように疾走している。緑と褐色の湖畔には燃え立つような黄色のブドウ畑。色とりどりの森、キラキラ輝く街道、果樹に囲まれた百姓の村、草木がなく殺風景さをます漁村、白っぽい塔がそびえる町に黒っぽい塔がそびえる町。これら全てのものの上を流れ行く褐色がかった雲。その合間からのぞく緑がかった青色とオパール色に輝く深く澄みきった空。日の光が雲に描く扇形の透かし絵。何もかもが動的で、連山までもが滔々と水が流れるごとくなのだ。まだらに日の光に照らされたアルプスの峰々ときたら、険しく落ち込んだかと思えば、落ち着かずまたジャンプしている。

嵐が吹き去り雲が流れ行くと、私の感情も欲望も、雪化粧した遠くの険しい峰々を抱擁しながら、また、淡緑色の湖の入り江でつかの間の休息をとりながら、猛烈な勢いで熱に浮かされつつはるか彼方へと飛んで行った。徒歩旅行につきもののおなじみのうっとりさせるさまざまな思いが、雲の影のように移ろい多彩に私のこころをかけて行った。つまり、なすべきことを怠ったことを、人生の短さと世界の豊かさを、それに故郷なく故郷を探し求める身の上を哀しむ気持ちに襲われたかと思うと、また、時空からは完全に切り離されているのだといった感情がわき起ったのである。

波浪が徐々におさまり、うなることも波頭を立てることもなくなった。そして私のこころも静まり、はるか上空の鳥のように動じず安らいでいた。

そこで、なじみのある近くの曲がりくねった道路と、こんもりとした森と、それに教会の塔を見ていると、私は笑みがこぼれてふたたび胸が熱くなってきたのだった。私がすばらしい青春の歳月をすごした土地が、変わることなく昔ながらの目で私を見つめていた。ちょうどひとりの兵士が、感動ゆえか、あるいはまた安全に守られているという気持ちゆえか、こころが熱くなり、地図を広げてかつての出兵のあとをたどりながらざっと目を通すように、私もまた秋の色

に染まる景色のなかに、数々のみごとな愚行の物語と、今ではもう美化されほとんど伝説になっていた昔の恋の物語を読み取っていた…

昔の事だ！…最高のものと言えば、あの恋から私に流れ出た力、彼女のために生き、戦い、彼女のためなら水火も辞さないという喜ばしい力だった。ある瞬間のためならば身を投げ出すこともでき、ある女性のほほえみのためならば何年だって犠牲にできる、これが幸せであった。そしてこれは私から無くなりはしなかった。

私は口笛を吹きながら立ち上がり、そして歩き続けた。

道路が丘の背の向こう側で下り坂になり、私が広々とした湖の景色に別れを告げざるをえなくなったときのことだ。すでに沈みかけていた太陽が、まさにどんよりとした黄色の雲のかたまりと戦っていた。しかしそのかたまりは、しだいに包囲網を張り巡らせて、そして太陽を呑み込んでしまった。私は歩を止め、そして小休止しながらこのすばらしい空のショーをながめていた。

淡黄色の光の束が、分厚く重そうな雲の層の端から、上空と東とに向かって走った。あっという間に空全体がだいだい色に燃え上がり、緋色に燃える幾すじかの光が、空を二分した。すると、同時にすべての山が紺色に染まり、湖畔では、赤みがかって枯れていた葦が荒れ野を焼く火のように燃えていた。それから黄色がすべて消え失せ、そして赤い光が暖かにやわらかになった。夢のように淡くてうっすらとしたかわいいベール雲のまわりを照らすこの赤い光の移ろいときたら、この世のもとは思えなかった。またこの光は、曇りガラス色の濃い霧の壁のなかを幾千本もの毛細血管のようになってかけ巡り、バラ色に染めた。そしてしだいに霧の灰色と赤色とは混ざり合って藤色になったが、その美しさたるや、えも言われぬものだった。湖は群青色に、そしてほとんど黒くさえなったが、岸に近い浅瀬は、薄緑色に鋭くはっきりと縁取られていた。

　色の消えぎわの断末魔は美しく、ほとんど痛ましいほどだ。それも雄大な地平線のところで色が燃え上がりすばやくはかなく消えるさまにはいつも、なにかいさぎよさのようなものがあって感動的だ。私は、この断末魔が終ると、谷間の方を向いた。そして夕刻を迎えてすでにすっかり晴れ渡りひんやりしていた谷の景色を目にして驚いた。私は、一本の大きなクルミの木の下で拾い忘れられたクルミの実を踏んづけ、それを拾い上げて、殻を剥き、淡褐色の湿り気のある新鮮なクルミを取りだした。そしてそのクルミを噛んで割り、するどい香りと味を感じたとき、思いもよらずある思い出が私を驚かせた。一条（すじ）の光線が一枚の鏡用ガラスに反射して暗い部屋のなかへ投じられるように、とうの昔のことになって忘れていた人生の一コマが、現在の出来事のただなかで取るに足らぬことにより火をつけられて、キラリと不気味な光を放ち、ぎょっとさせることがよくある。

あの瞬間に、私がひょっとすると十二年ぶりかそれ以上たって初めてふたたび思い出した経験は、私にとって苦悩に満ちたものでもありまた貴重なものでもあった。私がおおよそ十五歳のときに、よその土地のギムナジウムに行っていたときのことだった。ある秋の日に、私の母が私を訪ねてきた。私はとても冷ややかで高慢な態度をとった。ギムナジウムの学生であるという私のうぬぼれがそうさせたのだ。そして私はいくつものささいなことで母の気持ちを傷つけた。翌日、母はふたたび旅立ったのだが、その前にもういちど校舎にやって来て、そして私たちの朝の休み時間を待っていた。私たちが騒ぎながら教室からどっと出てきたとき、母は遠慮して笑みを浮かべて外に立っていた。そして母のきれいなやさしい目が、もう遠くから私に向かって笑っていた。しかし同級生諸君が居合わせていることが気になって、それで私は母の方に向かってただもうゆっくりと歩き、母にかすかにうなずきかけた。そうして私は、母が私にお別れのキスをして私に祝福を与えるつもりでいたのを断念せざるをえなくなるような態度に出たのだ。母は、悲しげではあったが気丈にも私にほほえみかけ、そしてとつぜんかけだして通りを渡って果物屋の店へ行くと、クルミを一ポンド買い私にその袋を手渡したのだ。それから母は鉄道に向かって立ち去った。私は、流行遅れの小さな革のバッグをもった母の姿が通りの角を曲がって消えるのを見ていた。母の姿が私の視界から消えるや、何もかもがひどく悔やまれた私は、私の愚かな少年の粗野な言動を、涙して母にわびておけばよかったものをと後悔した。そのときだ、同級生のひとりが通りかかってくれたのは。彼は処世術にかけては私の好敵手だった。「ママのキャンデーだろう？」と彼は、悪意に満ちた笑みを浮かべながら尋ねた。私は、すぐにまた鼻っぱしが強くなり、そいつにくれてやると言って袋を差し出した。だが、そいつが受け取らなかったものだから、自分のためにひとつさえとりのけておかずに、第四学年の後輩たちにすべてクルミをあげてしまったのだった。

私は腹立たしくクルミに噛みつき、そして殻を、地面を覆っていた黒ずんだ葉の上に投げ入れた。そして、日がとっぷりと暮れて浅葱色（あさぎいろ）と黄金色に静かに消えゆく空の下、快適な道を通って谷に向かって歩いて行った。そしてその後まもなく、秋の黄色になった白樺と楽しげなナナカマドの木立の所を通り過ぎて、若いモミの木が立つ青みがかった薄明かりのなかへ、そしてそれから背の高いブナの森の黒々とした影のなかへと入っていた。

Traum von der Mutter
母の夢

1904年12月執筆
『詩集』(1977)所収

郊外の暖かな草原で
雲を見て、
疲れた目を閉じ、
夢の国に入り
母のもとへ行きたい。

ああ、母ときたらもう私の足音を聞き取っていた!
遠くから訪ねてきた
私を母はそっと出迎え、
私の額と私の両手を

静かに膝の上に置く。

母はいまに尋ねるのだろうか、
私がただもう恥じ入り、
ひどく悔やんで告白することを？
いや、母は笑っている！　母は笑って、
久しくいなかった私がそばにいるのを喜んでいる。

ルール
Lulu

1899年執筆
『詩集』(1977)所収

高きアルプスの牧場(まきば)にはにかみかかる
雲の影のようにかりそめに、
物静かにそばにいる美しいおまえは私のこころを揺れ動かせ、
ほのかな悲しみをあとに残す。

夢と夢の合間でときおり、
現実の生活は私を襲ってやろうと、
たいそう黄金色に輝き、たいそう朗らかに誘っては
消え失せ――私は夢を見続ける。

目覚めの数瞬間の夢を——
私の目がねむっている間に、
私のうえを影が流れて行った
運命の夢を見る。

かき曇った夜
Verwölkte Nacht

1900年執筆
『詩集』(1977)所収

わたしのお気に入りのおまえ、かき曇った夜よ、
それに嵐に襲われた梢よ、
こんなにもにわかにおまえの急ぎの足踏となって、
なんとみごとに死が燃え上がっていることか！

おまえ、苦悶の歌よ、悲しみの歌よ、
身震いよ、死の思いよ、
私はよく知っている、ふるさとに焦がれるおまえの
夜の調べの、ひそかな激しい魅力を！

かつて私が少年であった頃のように、
おまえは、陰鬱な悲しみで私のこころを満たす。
それは昔ながらの、よく知っているあの頃の苦痛、
昔ながらの悲しみ。
ただ、悲しみのみ増し、甘味なところはなし。

あの美しい雲

Die schöne Wolke

1902年執筆
初出［Literarische Warte］
『絵本』(1926)所収

旋風（つむじかぜ）が嵐の雲の残骸を吹き払ってしまっていた。凪いだ海の上では昼の太陽が燦々と暑く輝いていた。そこには厚い雲がただひとつ残っていたにすぎなかった。この雲からやわらかくて白いベールのように薄い雲が剥がれて舞い上がって行った。そしてこの白い靄（もや）のような薄雲は、淡灰色の厚い雲全体が雲散霧消して無くなってしまっていたときにも、紺碧に輝く空のまんなかにぽつんと浮いていた。それは、風に吹かれて切れ切れに綿くずのようになって上の方にただよいあがり、ゆっくりと北の方へと流れて行った。そしてゆっくりとただよいながらそれは、風に吹かれて流れ行く両端を寄せ集め、形をなして丸みをおび、ますます白さと澄明度を増していった。そして、びしょぬれになった褐色の三角の帆をふたたび急ぎ揚げていた船乗りの目を喜ばせた。

この雲が、こんなふうに輝きながら、ただひとつ安らいで、大きな青空を滑るように流れて行くのを見た者には、それは、遠くで女性が歌う詩（うた）のように思われた。
いや、雲はじっさいに歌っていた。雲は歌いそして飛んで行った。雲は歌姫で

あり同時に詩（うた）であった。彼女の詩（うた）が理解できたものと言えば、大きな海鳥、それに海の潮風だけだった。ひょっとすると、リヴォルノの最先端の灯台か、あるいはまたコルシカ島の丘から、この雲をじゅうぶん近くに見たことがある詩人だったら、また理解したかも知れない。しかし詩人は居合わせてはいなかった。かりにそこに居合わせたとしても、この雲の詩（うた）を私たちの言葉に置き換えるには、骨が折れたことだったろう。ひょっとすると、彼ならこんなふうに置き換えたかも知れない。

「私はなんて美しいの！　私はなんて白いの！　わたしはなんて軽やかなの！　ああ、海よ、ああ、青い海よ！　私のようにおまえを誰が見て？　私のようにおまえを誰が愛して？　私のようにおまえを誰が飾って？　ああ、海よ、ああ、青い海よ！――

ああ、太陽よ、汝、金色の太陽よ！　私はおまえを愛し、私は私の白い翼の上におまえの光をすべて集めるの！　ああ、金色の太陽よ、おまえは私を愛していて？　夢を見るの！夢を見るのよ、おまえは私を愛しているって！　私の夢のなかでおまえは、スカーレットの宵のコートをまとって私の所にやって来て、そしてそれで私の白い翼をくるむから、私もスカーレットになって燃えるの。そして私は、この緑の大地と、青い海と黄金色の空の何よりも、美しくなるの。ああ、太陽よ、金色の太陽よ。私はおまえを愛している。私はおまえを愛しているの！——」

美しい白い歌雲は、スペジャとセストリーの湾の上空を、それからラッパロ海岸の灰色がかった黄色の岩のうえを、ゆっくりと流れて行った。雲は黒い船が、大聖堂の丸屋根のまわりからしたたり落ちる雨滴のように、水平線を越えて底なしの深淵に滑り落ちるのを見た。雲は、日焼けした漁師が赤と黄の帆をあげて黒ずんだ漁船に乗って行くのを見た。雲は、太陽がフランスの上空で真っ赤に燃えて傾くのを見た。そうして雲は、宵の、スカーレットの宵の詩を歌って夢をみた。それから、燃えるような情熱と沈黙と愛の時間の詩を歌って…

ああ、太陽よ、ああ、金色の太陽よ！

雲はいつも同じ詩を歌った——青い海の詩を、太陽の詩を、彼女の愛の詩を、彼女の美しさの詩を、そして宵の、燃えるように赤く、多彩で、享楽的な宵の詩を…

ジェノバがのぼってきた。円形の湾に沿って横たわる明るくて、坂道がきつい町だ。そしてジェノバの次には要塞囲壁、そしてその次には丘陵、そして淡緑色の広い広い大地。そして端の端に、白く、冷たく、よそよそしく、アルプス山脈の静かな山並み。雲は身震いし、速度を落としてただよおうとした。雲は、暖かで、美しくて、海生まれの彼女は、かの地でいったい何をすると言うのだ。かの北国の寒くて殺風景な高地で、いったい何をすると言うのだ？

おお、太陽よ、太陽よ、おまえは私を愛していて？——

例の大きな港町から鐘の音が上にひびいてきた。聖ステファーノの晩鐘だ。東の山々が妙に青く近くなり、フランスの銀ネズミ色の丘陵の上空で太陽は傾き日没の支度をした。

太陽は！　太陽は、茜色に燃え、大地と海の上に、すばらしくも悲しい美しい光をまき散らした。大地には青い影ができ紫色になった。そして海は琥珀色と藤色に染まった。

そのとき、太陽は憧れに満ちた雲にあやしげに燃える視線を投げかけた。彼女の白い羽根があつくなって震えて燃え上がり、赤く、あまりに赤くなったので、ジェノバの丘陵の上空にかかる姿は、さながら燃え上がる松明（たいまつ）のようだった。

海は赤々と燃えるのをやめ、大地は灰色になり、教会の丸屋根の上に、要塞の上に、そして丘陵の並木道の上に、黄昏（たそがれ）の帳（とばり）が降りた。しかしその上空では孤独な雲が、大地と海と空の何にもまして美しく、鴇色（ときいろ）に燃え続けていた。

雲はバラ色になり、ライラックの青色になり、すみれ色になった。

それから雲は灰色になり、そして見えなくなった。宵の星々がおずおずとまたたくなか、雲が、ノヴィーア、パヴィーア、そしてミラノを越え、北国の寒くて、よそよそしくて、そして白い山々に向かって、速く、いやましに速く飛び行く様子は、もはや誰も見ることができなかった。

フィエーゾレ

Fiesole

1901年5月執筆
『詩集』(1977)所収

私の頭上の青い空を雲が行き、
私に故郷へ向かえと言う。

名もない彼方の故郷へ、
平和と星の国へ。

故郷よ！　私はおまえの青い
美しい岸を決して見ぬさだめか?
それでもなお思われてならぬ、おまえの浜辺は
この南国の近くにあり、たどり着けるに違いないと。

ながめる人 Zuschauer

1900年執筆
『詩集』(1977)所収

胸の傷口ふさぐとも昔のこころの痛みが癒えぬ私は、
遠い青春時代のお気に入りの楽しみに打って出る。
これ即ち、夏雲の白い旅路に
幾時間(とき)か静かに、目でお供すること。

すると、私が目にして行いそして耐えたすべてのことが、
空高く移ろう雲に乗りいっしょについて行く。
かつては無秩序で、
きまりに縛られぬかのように思われた一切のものが、
永遠の法に従い流れ行くのが見える。

Zuschauer

Ein altes Herzweh in vernarbter Brust,
Üb' ich der fernen Jugend Lieblingslust:
Dem lichten Zug der sommerlichen Wolken
Mit stillen Augen stundenlang zu folgen.

Und alles, was ich sah und tat und litt,
Geht in den hohen Wolkenzügen mit.
Ich seh nach ewigen Gesetzen segeln,
Was einst mir wild erschien und frei
von Regeln.
Und seh die Züge ohne Lust noch Leid
Hinüber fahren in die Ewigkeit.

そして移ろい行くものが苦もなく楽もなく、
永久（とわ）の世界へ入っていくのが見える。

夕べの色
Abendfarben

1901年執筆『三つのデッサン』からの抜粋
『絵本』(1926)所収

フィッツナウの8月の終わり。カッと暑い昼と、澄みきった燃えるようなみごとな夕べが、幾日も湖上の空で輝いていた。このところ私は、来る日も来る日も日没の時刻になると、ビュルゲンストックの麓(ふもと)のあの「牧場(まきば)」からゆっくりと舟をこぎ出しフィッツナウに戻り、そして変化に乏しい毎日毎日、太陽が白っぽい靄(もや)に覆われた丘の上に沈むルツェルンの方を見て、湖の変わらぬ光景に見入っていた。湖は、この頃の時刻になるといつも、ほとんどまったく油のようになめらかになったが、まれに、ひょっとして温かいそよかぜにそっと吹かれでもしたためなのか、湖面の所々に、ほんのわずかにさざ波が立っていた。

このよく繰り返された光景は、私のこころに美しくしっかりと刻み込まれたので、いつであれ私は、それをよく朗読した歌のように想い起こしてもう一度楽しむことができる。君たちが望むなら、私は、また時間を追って忠実にそれを叙述することもできる。牧場(まきば)とリュッツェラウの間で、広い湖の真ん中に小さな手こぎのボートを浮かべて座り、そして櫓をこぐ君たちが背を向けることになるフィッツナウに向かってゆっくり動いているものと想像してほしい。ただし、君たちは歌を歌い話をする友だち連れの船遊びを思い浮かべるには及ばない。二人連れの、つまりは友だちかあるいは女性連れの船遊びすら思い浮かべる必要はない。そうではなくて君たちにはひとりでいて、そしてこころには、激情には奔ることのない孤独な人間のひとかけらの愛をもっていてもらいたいのだ。すると、君たちにはこんなものが見えてくる。

君たちの前では、ボートの細い舳先が光り輝く湖面を鋭く黒く突き刺している。湖水はまだ夕刻間近の深緑色をたたえ、そして遠く沖合は青みがかったやわらかい銀色に鈍く輝いている。そしてこれが徐々に、ほとんど気づかれぬほどにほのかに甘味に黄金色に染まり、暖かみをおびてくる。ビュルゲンストックの方角を見れば、湖水の色が濃くなり、移ろいに移ろってインクのような濃紺色にまでなり、そしてそこからは、淡黄色の明るく細い海岸線がくっきりときわだって見える。海岸の白っぽい岩の微光がつづるこの明るい帯がなければ、この方向の海岸ははるか遠くに見えることだろう。この白っぽい線のおかけで岸がほとんど強引に目に近づけられているという具合だ。強く照明されたリギ山側の淡緑色の海岸も同じ海岸線ではあったが、しかしこちらの方は、明るい海の色といっしょになってぼやけていて人目をひくことはない。またこちらでは、リギ

山の長大な絶壁、赤みがかった高くそびえるまるい岩、それに明るい牧場が、湖面にすっきりと歪むことなく映っている。ところが、向こうの湖面に映るハメットトシュヴァント岩壁ときたら、ただぼやけた暗い影のように湖面に横たわっているだけだ。

さて、君たちの頭上のかわいい白い雲がひとつひとつ黄金色に染まりはじめる。君たちは低くなった太陽の方を見て、そのさいに気づく。湖の沖合はもはや青みがかっても銀色めいてもいない。そうではなくて、ピカピカ光るさながら真鍮の円盤のように、まったく黄金色に輝いているのだ。そして、この黄金色の水面の境界線は見るみるうちに近づき、ケーァズィーテンとヴェッギスのほぼ船着き場にまで達する。そしてそこでは、わずかに眩しくはあるがまだ目にはじゅうぶん耐えられる照明がともっている。

そして今、太陽は赤みを増して輝き、大きくなりはじめる。ボートからまだ見えていた緑の湖面は壮大な色の祭典に包まれる。この祭典は、黄金色から鳶色まであらゆる微妙なニュアンスを付けながら輝き、風にゆれる湖面では、燃えるようなスカーレットを披露してくれる。このときには目が信じられなくなり、色のすべての規定があいまいになる。君たちはただ、暖かな色合い、赤の色合い、それに黄金色の色合いと、色合いの海を認めて、うしろに寄りかかり驚くばかりだ。なぜならこの色合いの海は、前代未聞のリズムで満ちてはたえず移ろい、そして移ろいつつ常に同じ海とくるのだから。

これは、晴れた日には、太陽が地平線に触れるまで続く。そのときになると、太陽は茜色になり、そして湖はみごとな移ろいを見せてくれる。湖は、君たちが見渡せるかぎり、いぶし金の色をして、かすかに青緑がかっている。まもなく西の空もそんなふうに見えることだ。そして、満々たる黄金色の湖水の真ん中を横切って、幅が広くかぎりなく長い火の橋がかかる。遠くの岸の所では赤く明るく始まり、紫根色の炎となって終わっていく。これは、日没の数分間の赤い日輪が映ったものだ。君たちは、君たちのボートの直前でそれが燃えて燃え尽き、そして琥珀色の弱い光となって消えゆくのを見る。君たちは上を見上げる。地平線の太陽も消えてしまっているが、彼方から空と雲を赤く染めている。そして丘のうしろに沈む太陽は、君たちに向かって丘の鋭い輪郭を投げかけて、君たちを驚かす。そうこうするうちに、湖は徐々に、徐々に暗くなり、そして消えゆくなか、幻想的で美しい夢のような色に惜しげなく包まれる。その光景たるや太古の歌か伝説のように感動的だ。そしてうしろの方角、つまり君たちの背後の、バウエンとウーリの山々の上空のかけ足で暗くなる空にはもう、君たちの目がよければ、青白い一番星が浮かんでいるはずだ。

夕べの雲
Abendwolken

1907年執筆
『詩集』(1977)所収

このような詩人が考え、行い、
そして小さな本に詩句として書き込むことなどには、
実がないように思われる者がいる。
けれども神は、それを理解し、そして甘んじてお許しになる。

この世界をお測りになる神は、ときには
みずからが詩人にもなられ、
そして晩鐘が鳴るたびに、
夢見るように空をおつかみになり、
仕事仕舞いの手慰みに、

やわらかな黄金色の美しいかわいい雲をいくつも作り、
山の縁に沿って並ばせ、
そして夕映えのなかで赤く泡立たされる。
そして神は、できばえのよいいくつかを
導かれ、長くお守りになる。
それゆえに、ほぼ無からできた雲たちは
空で安らぎ、至福の笑みを浮かべている。
そして、つまらぬもの、へぼな詩にしか思えなかったものが、
今や魔力となり、磁力となり、
人間の魂を神のもとへひき寄せては、
憧れ祈らせる。
創造主はほほえみ、そしてつかの間の夢から目を覚まされる。
戯れがしだいに終わり茜色が消え失せ、
そして冷ややかな彼方から、安らぎに満ちた夜の花が
花開いてくる。

神の汚れなき御手から、
戯れであれ、いずれの形象も、
詩人がかつて作り出したことのないような
完全さで、美しく、喜びにあふれて、生まれ出でんことを。

おまえのこの世の歌が
はたしてただちに鳴りやむ晩鐘を意味するにせよ、
その上を神の御手による雲が、
陽光をあびて燃え上がり流れ行く。

夜の感情

Nachtgefühl

1914年12月執筆
『詩集』(1977)所収

とつぜん、
鋭く入った雲の裂け目の奥底から、
月と星の世界が現れ、
その青き夜の凄みにわがこころが晴れる。

青白き星雲のなかで、
夜が竪琴を掻き鳴らすため、
霊が墓穴からかき起こされて、
激しく燃え上がる。

この呼び声がしてからというもの、
憂慮は消え失せ、苦しみは小さくなりゆく。
われ、明日在らずとも、
今日は在る！

エリーザベト

Elisabeth

1902年執筆
『ペーター・カーメンチント』(1904)からの抜粋

よい気分を保ち続けるために、私はボートに乗り、くつろいでゆっくりと、暖かで明るく輝く湖にこぎ出した。日が暮れようとし、そして空には、美しい雪のように白い雲が、ただひとつぽつんと浮かんでいた。私は、その雲からずっと目を離さず、子どもの頃に雲が好きだったことを思い出しつつ、雲に向かってうなずきかけた。そうして、エリーザベトのことを、それからまたセガンティーニが描いたあの雲のことも、思っていた。なぜなら、かつてその雲の前に、とても美しくわれを忘れて、エリーザベトが立っていたのを見たことがあったからだ。言葉によっても、また不純な欲望によっても曇らされてはいなかった彼女への愛ゆえに、今ほどに幸せで清らかな気持ちになったことはない。雲を見つめながら心静かにそして感謝に満ちて、私の人生のよかった点をすべて概観し、そして以前の数々の混乱と激情のかわりに、私の内に少年時代の昔の憧れだけを感じた今ほどに——その憧れも、いっそう成熟してひそやかなものになっていた。

　昔から私はよく、櫓をこぐ静かな拍子に合わせて、何かを口ずさむか歌うかしたものだった。今も私はそっとひとり歌を歌い、歌って初めて、それが詩行になっていることに気づいた。それは私の記憶に残り、それで私は、すばらしいチューリヒ湖の夕べの思い出に、わが家でそれを書きとめた。

高い空に浮かぶ
白い雲のように、
白く、美しく、はるかなる君、
エリーザベト。

白い雲が流れさすらっているのに、
君ときたらほとんど気にとめない。
けれどその白い雲は、暗い夜になると、
君の夢のなかを流れ行く。
流れ行き、そして至福の輝きを放つから、
白い雲に君が寄せる
甘い郷愁は、
その後止むことを知らない。

春の日
Frühlingstag

1912年執筆
『詩集』（1977）所収

茂みのなか吹く風に鳥のさえずり。
それに、快い紺碧の空高くには
静かな誇らしげな雲の船ひとつ…
私はブロンドの髪の女性の夢を見て、
私の青春時代の夢を見る。
高い空は青く広く、私の憧れのゆりかご。
そのなかで私は、こころ静かにそっとハミングしながら、
まるで母の腕に抱かれる子どものように、
この上なく幸せに温かく横たわる。

私の人生は何であったのか？

Was war mein Leben?

1903年執筆
『詩集』(1977)所収

今日で終わるがさだめなら、私の人生は何であったのか？
夢見て過ごしてしまったのか？　棒にふってしまったのか？　いや、それは、
私が手いっぱいに受け取り、次の者に渡し、そしてまた新たに受け取った
無言の喜びの輪であった。

それは、美しさで私に深い幸福感を与えながらも、
しかしながら
いつも力強い態度で、
私の目標を永久(とわ)なるもののなかへと押し出した
この大地との愛の契りであった。

それは、水と、山の風と、野との、
決して解けたことのない兄弟の契り、
青き空を流れ行き、
私たちの故郷を歌い語ったすべての雲たちとの、兄弟の契りであった。

私は、その大いなる永遠の力との友誼（ゆうぎ）を、
忠実に守り続けた。

しかし、この全ての歳月を通して私の罪であったのは、
私にとっては雲が人間にもまして愛しいものであったことだ。

奇妙な自然の戯れ

Wunderliches Naturspiel

『冬の遠出』(1913)からの抜粋
『無為の術』Die Kunst des Müßiggangs (1973)所収

天気はすばらしかった。穏やかに晴れて夜は寒かった。日中は無風だったが、しかし上空では明らかに南風（フェーン）が吹いていた。というのは、来る日も来る日も、つねに南風（フェーン）の前触れとなるあの羽毛のようにほっそりした小さなちぎれ雲が、淡青色の空一面にまるでクジャクの尾羽のように列をなして、幾筋もの平行する幅の広い帯となって、広がるのが見られたからだ。

南風（フェーン）は、雪と天候を台無しにするものではあるのだが、なんと言ってもやはり、山の世界のもっとも素晴らしいものなのだ！　私は、幾度となく旅に出かけ、美しいもの、とても素敵なものを数多く目にしてきた。しかし、昨日の陽の光と雲には驚かされた。それはまるで、生まれて初めて家を離れ、そして壮観な自然のなかへ入って行きでもするかのようだった…下界の私たちの所では大気は澄み、凪いでいた。ただ陽の光だけは黄金色をして春めいていた。しかし、わずかに雲が出ていた上の空では、おどけにおどけた風小僧たちが輪舞して飛び散り、そうして小さな厚い雲をふざけて引っかき回して引きちぎり、羽毛のようにふわりとした細い縮れ毛のようにした。すると、それらは数分で生まれては消えていったが、それとは対照的に、そのかたわらにあった美しいベージュ色の雷雲はまったくもって悠然とただよっていた。私たちはしばしいぶかしげにこの奇妙な戯れを見ていた。するとそのとき、空が何か妙なことをしでかして、私たちにひとつのドラマを見せてくれたのだ。打ち上げ花火のように突飛なものではあったが、にもかかわらずとても神々しくてみごとであったこんなドラマは、私はいまだかつて見たことがなかった…妙なつむじ風が、まったくとつぜん、小さな固い雲のかたまりを泡のように追い散らすと、それは極細のウールの毛のかたまりのようになった。と同時に、この奇妙な形の雲は太陽ととても似合いのカップルになり、四、五分の間燃えるような虹色の光彩を放った。そしてそのさまときたら最高だった。この雲は完全にほぐれ、太陽に向かってただよいゆく大きなシャボン玉のように多彩に、緑色とアヤメ色の輝きを一面に冷たげに放っていた。そしてその色彩は、たとえば鏡のような川面を流れ行く油のシミによくあるように、鮮烈ではあったが調和のとれたものであった。もっとも、この色彩の微妙な移ろいがただよい去った鏡のような面は、やわらかな色に満たされほのかに輝く広々とした夏空であったわけだが。

君も私同様ちょっぴり贅沢な自然の友だ。変わったものを見るのが好きで、それを探し求め、奇妙な自然の戯れを見るとときとして、セガンティーニの作品やモーツァルトの交響曲の楽章同様、元気になれる人だ。もし君がこの場に居合わせて、私たちの多彩な色の雲を見たなら、君は将来、ひょっとするともう一度このまれなる奇跡を拝むためにのみ、冬になればいつもスキーをひっさげ山へ出かけることだろう。

Weiße Wolken
白い雲
1902年11月執筆
『詩集』(1977)所収

ああ、見てごらん、白い雲がまたしても、
忘れられた美しい歌のかすかな調べのように、
青い空をただよい行くのを！

長き旅の途上にあり、
さすらいの悲喜のすべてを
知ったこころでなければ、
この雲の気持ちはわからない。

私は、この白き者たち、不安定な者たちを、
太陽や、海、それに風と同じように、愛している。
なぜなら、それらは、故郷をもたない者の
姉妹（きょうだい）であり天使であるのだから。

雲
Wolken

1904年8月執筆
『詩集』(1977)所収

雲が、軽やかな船が、
私の頭上を流れ行き、
そのやわらかな、みごとな色のベールに
私は妙にこころを動かされる。

青い空からわき出た
多彩で美しい世界、
それが神秘に満ちた魅力で
私を虜にすることしきり。

一切の地上的なものから解放され、
軽やかで、明るく輝く濁りなき泡たる雲よ、
おまえたちは、汚れたこの世のふるさとを慕う
美しい夢か？

霧
Nebel

1905年11月執筆
『秋の徒歩旅行』からの抜粋。
『小説全集』(1977)所収

朝、私は早やめに目を覚まし、すぐに徒歩旅行することに決めた。寒くて、そして霧が濃く立ち込めていたので、通りの向こう側がほとんど見えなかった。寒さに震えながら私はコーヒーを飲み、飲食代と一夜の床の代金を支払った。それから私は、大股に歩きながら、黎明の静寂（しじま）のなかへと入って行った。

町と庭をあとにして、ただよう霧の世界のなかを突き進んでいたときには、身体（からだ）がみるみる温かくなってきていた。霧が、隣接していて見たところひとつひとつのものをなすものであるかに思われていた全てのものを切り離し、ひとつひとつの姿を包み込み隔離して、そして逃れがたく孤独にするさまを見るのは、いつだって妙に感動的だ。国道で、ひとりの男がおまえのそばを通り過ぎる。彼は、雌牛か山羊を追い立てるか、荷車を押すか、あるいは荷物を担ぐかし、そして彼のあとから彼の犬が、尾をふりふり走ってくる。おまえは、その男がこちらへやって来るのを見て、彼に朝のあいさつをする。すると、彼は礼を言う。しかし、彼がおまえのそばを通り過ぎ、そしておまえがふり返り彼のあとを目で追うや、おまえの目の前で彼の姿はすぐに不明瞭になり、灰色の霧のなかへ跡形もなく消えて行ってしまう。家も、庭の柵も、木も、それにブドウ畑の生け垣も、同じだ。おまえは、このあたりのことならすべて目をつむっていてもわかると思っていたが、あの壁は通りからなんと離れて立ち、また、この木はなんと高くて、あのかわいい家はなんと低いのか、と今独特な驚きを覚えている。おまえが窮屈に隣り合っていたと思っていた小屋が今や互いに遠く隔たっているのだ。それも、一方の小屋の敷居から他方の小屋まで目ではもはやたどり着けないほどとくる。またおまえは、間近で人と動物が歩き、働き、呼び声を発するのを耳にするが、見ることができない。こうしたことすべてには、何かおとぎ話のようで、珍奇で、現実離れしたようなところがある。でも一瞬間おまえは、そのなかにおそろしいほどはっきりと象徴的なものを感じるのだ。事物であれ人間であれ、また人間は誰であれ、根底においてはなんと情け容赦なく互いに無縁な存在であり、そして私たちの道が互いに交差するのも、いつもなんと刹那にしてほんの数歩にすぎず、またひとつのものをなすものであり、隣人であり、友人であると見えるのも、なんとかりそめのことであることか、と。詩句が私のこころにふと浮かび、私は歩きながらただひとりそっとつぶやいた。

妙なものだ、霧のなかを歩くというのは！
孤独なものだ、どの茂みもどの石も。
どの木もほかの木は見えない。
だれもが孤独だ。

私の人生がまだ輝いていたとき、
私にとって世界は、友人で満ちあふれていた。
今、霧が降りると、
もう誰ひとり見えやしない。

まことに、逃れ難くそっと、
己とすべてのものとを切り離す
この闇を知らぬ者はだれも、
何も分かってはいないのだ。

妙なものだ、霧のなかを歩くというのは！
生きることは孤独であるということだ。
人はだれひとり他人のことを知らず、
だれもがひとりぼっちなのだ。

曇り空
Bewölkter Himmel

1918年執筆
『放浪』(1920)所収

岩の間でちぢこまった小さな草が花を咲かせている。私は寝そべり、そして数時間前から少しずつ小さくてじっとしているもつれ雲で覆われゆく夕べの空に見入っている。あの上空では風が吹いているに違いない。しかしここではその気配は何もない。雲の糸が風に網のように編まれていく。

水がある一定のリズムで蒸発して雨となってふたたび大地に降るように、また、四季あるいは潮の干満にはその固定した時期と周期があるように、私たちの内面の世界のすべてもまた、法則とリズムをもって生起している。フリースとかいう教授がいる。この人は、一種の数列を計算により導き出し、生命の諸事象の周期的なサイクルを示したのである。こう言うとカバラのように聞こえるが、でもカバラもまた察するところ科学かも知れない。ドイツの教授たちにあざ笑われることが、かえってこの真価を証すことになっている。

私が恐れている私の生命(いのち)のあやしげな波もまた、一種の規則性をもってやって来る。日付と数は分からない。私は決して継続的に日記をつけたことがないのだ。23と27、あるいはある別の数がそれと関係があったのかどうかなど、私は知らないし知るつもりもない。ただ分かっているのは、つまり、私のこころのなかに、外的要因がないのにときとして、あやしげな波が起こるということだ。雲の影のように世界の上に影が広がる。喜びは嘘っぱちに感じられ、音楽はさえがない。憂鬱が支配し、死ぬことが生きることより好ましくなる。この憂鬱は発作のように時々やって来る。しかしどれほどの間を置いてなのかは分からない。そしてそれは私の空をゆっくりと雲で覆っていく。それは、こころの落ち着きのなさ、不安の予感、そしてまず間違いなく、夜の夢ではじまる。私がふだん気に入っていた人間、家、色、音が疑わしくなり、誤った作用を及ぼす。音楽は頭痛をひきおこす。手紙という手紙は機嫌を損ない、そして棘のある皮肉が隠れている。このようなときに人と話をせざるをえないのは苦痛であり、必ず一悶着起こるのだ。飛び道具をもたないのは、こういうときがあるがゆえなのだ。飛び道具があればよいのにと思うのも、こういうときがあるがゆえなのだ。怒りが、悲しみが、それに非難が、ありとあらゆるものに、人間に、動物に、天候に、神に、読んでいる本の紙に、そして着ている服の生地に、向けられる。しかしながら、怒りや、焦燥や、非難や憎しみは、こうしたものに向けられて効果を発するのではなく、これらすべてのものから私自身のもとに戻ってくるの

である。憎むはわれにありなのだ。この世の中に不協和音と醜悪をもち込んでいるのは、まさにこの私なのだ。

私は今日、こうした日をあとにして休息をとっている。いましばしの間休息が期待できることを知っている。世界はなんと美しく、世界はもっか私にとって、ほかの誰にとってよりもかぎりなく美しいということを知っている。色はより甘味に感じられ、大気はより幸福に流れ、陽の光はよりやさしくただよっていることを知っている。そしてこれは、耐え難い人生の日々の代償であることを、私は知っている。憂鬱に効く良薬あり。これすなわち、歌を歌い、敬虔であり、ワインを飲み、音楽をして詩を書き、徒歩旅行することだ。聖務日課書が隠修士の生の糧であるように、私はこの薬のおかげで生きている。私には、外面（そとづら）がこれらの効き目を低下させ、また、私の良いときというのは、悪いときとバランスをなお保っていられるにはあまりにまれであり、そして良いことがあまりにわずかであるように思われることがある。しかし逆に、自分が進歩して良いときが増え、悪いときが減ったことに気づくこともある。私が決して願わないもの、たとえ最悪のときであっても願わないものは、良くもなければ悪くもない中途半端な状態、まあ耐えられうるぬるま湯の中庸というやつだ。いや、極端に折れ曲がっているほうがまだましで——苦しみならもっとひどいほうがよい。そのかわりに、至福の瞬間にはそれだけ輝きが増すのだから！

嫌気がしだいにおさまり私から去っていく。人生がふたたび魅力的になり、空がふたたび美しくなり、旅がふたたび意義深くなる。こうした復帰の日々に私は恢復の気分のようなものを感じる。すなわち、本来の苦痛をともなわない疲れ、つらさをともなわない諦め、卑下をともなわない感謝の気持ち、を感じるのだ。生命線がふたたび徐々に上向きになりはじめる。ふたたび歌詞を口ずさむ。ふたたび花をつむ。ふたたび散歩用のステッキをもてあそぶ。まだ生きているのだ。また乗り越えたのだ。またもう一度乗り越えるだろう。そしてひょっとしたら、これからまだまだ乗り越えることになるだろう。

内部が静かにうごめき幾本もの条（すじ）が入ったこの曇り空が私のこころにその姿を映しているのか、それとも逆に、私がこの空から私の内面の姿を読み取っているにすぎないのか、それを言うのは私にはまったく不可能なことだろう。こうしたすべてのことが、こんなふうにまったくわからなくなることがままあるのだ！　空と雲の風情とか、色調とか、香りとか、湿気の変動とかいうものを、昔ながらの、神経過敏な詩人と旅人の感性をもつこの私ほどに、繊細に、正確に、そして忠実に観察できる者などこの世にはひとりもいないのだ、と信じて疑わない日々がある。それからまた今日のように、自分はそもそもこれまでに何かを見て聞いて、そして何かの臭いをかいだことがあったのか、自分が知覚していると思っているすべてのものは単に、私の内なる生が外に写し出された像にすぎないのではないのか、分からなくなりかねないことがある。

ときおり
Manchmal

1904年11月執筆
『詩集』(1977)所収

鳥がさえずるか、
また枝のなかを風か吹き抜けるか、
あるいはまた犬がはるか彼方の農家で吠えるかすると、するとときおり
私は長い間、聞き耳を立てて沈黙せざるをえなくなる。

私の魂は、
忘れ去られた幾千年もの昔に、
鳥と吹く風が
私に似て、そして私の兄弟たちであったところにまで、飛び戻る。

私の魂は、木となり、
そして動物となり、流れ行く雲となる。
魂は、変わりはててよそよそしく戻ってきては、
私に尋ねる。私は何と答えるべきか？

こんなにもしきりに――

Dass ich so oft–

1901年6月執筆
『詩集』(1977)所収

緑なす畑を通り抜け、
そして高く広い空を白っぽい雲が
流れるのを見ては、
こんなにもしきりに物悲しくなるなんて、

そして、子どもたちが庭にいて、
長いあいだ静かにあいさつを、
それからこころのこもった笑い声を待っている所で、
歩みを止めざるをえないなんて、

そして他人の名声を、他人のパンを、
もはや妬まず、
またこんなにも満足しているなんて、——
これはもう秋？　これはもう死？

途上にありて

Unterwegs

1907年執筆
『詩集』(1977)所収

山高く、雲を眼下に
かすかに風が吹くなかを歩き登り行くと、
私の前に死者たちの国が開かれた。
幾千もの遠き先祖たちが雲となってわきたち、
無数の霊たちの閃光がキラリと光った。
そしてこのときにひらけた悟りが、妙に私のこころをとらえた。
私は、別個に存在する者でも、よそ者でもない。
私のこころも、私の目のまなざしも、
私の口も耳も私の歩む拍子も、
新しいものではなく、私の所有物でもない。

主人（あるじ）であるかに思えた私の意志ですら、そうではない。

私は、光のひとすじの光線、
むかし民が森で暮らしさすらいの途上にあった
無数の種族の樹（き）の一葉（ひとは）。
そして戦（いくさ）から戦（いくさ）へと荒れ狂ったほかの種族たちの樹（き）の一葉（ひとは）。
あるいはまた、高級木材と金と装飾品とで建てられた住まいが、
美しい町々で異彩を放っていた
ほかの種族たちの樹（き）の一葉（ひとは）。

彼らから、今は亡き私の母の
こころ静かなまなざしまで、
すべてはただ、逃れがたく私にまで続く確かな道であったにすぎず、
そしてこの同じ道が私から出て、果てしのない幾多の時代を経て、
私が彼方の先祖となり、

私の生命(いのち)がその生命(いのち)を内に宿している人間たちへと
通じて行くのだ。

山高く、雲を眼下に
かすかに風が吹くなかを歩き行くと、私の生命(いのち)が、
私のものを見る目と脈打つ心臓が、
すばらしい封土となり、この封土を私はありがたく賜った。
しかしながらその価値と美しさは、私のものにあらず、
従って無くなりもせず。
山地の冷たい風が
私の額のまわりをそっとなでて吹き去った。

美しいものの持続

Dauer des Schönen

初出
新聞［Neue Züricher Zeitung］（1951年12月1日）
『数分の読み物』（1971）所収

美しいものや芸術ほどに晴れやかで、また晴れやかな気分にするものはない――つまり私たちが、おのれ自身とこの世の燃えるような苦悩を忘れるほどに、美しいものや芸術に没頭しているときには。

それは、バッハのフーガやジョルジョーネの絵などである必要はない。それは、雲がたちこめる空からのぞく小島の形をした青空、カモメの動く尾羽でじゅうぶんなのだ。アスファルトの道路に浮かぶ油の虹色のシミでじゅうぶんなのだ。もっとはるかに取るに足らないものであってもじゅうぶんだ。

この至福からわれに返り、生の不幸を覚えるようになると、晴れやかさが悲しみに変わり、世界は私たちに光り輝く空のかわりに黒い地面を見せる。美しいものと芸術は人を悲しませるようになる。しかし、フーガであれ、絵であれ、カモメの尾羽であれ、油のシミであれ、あるいはもっと取るに足らないものであれ、それが美しく、神々しいことに変わりはないのである。

たとえ、あのわれと世界とを忘れた無上の幸福がほんのつかの間の持続しか許されずとも、悲しみにあふれるものに美しいものの奇跡のおかげで魔法をかけることは、数時間、数日、いや一生涯、続きうるのだ。

春 Frühling

1907年執筆
『詩集』(1977)所収

軽やかな生まれたての雲が青い空を流れ行く。
子らが歌い、花たちが草むらで笑っている。
私が目をやる先々で、私の疲れた目は、
私が書物で読んだことを、忘れてしまいそう。

まことに、私が読んだ重苦しいものはみな、
埃のように飛散し、冬の妄想にすぎなかった。
私の目は、癒えて元気づき、
新たにわき出る神の創造を見つめている。

しかし、私自身のこころに書きとめられている
あらゆる美のはかなさについての言葉は、
春から春へと残り続け、
風が吹いてももはや吹き飛ばされることはない。

《ねむれる家の上に…》

Über dem schlafenden Haus…

『干し草の月』(1905)からの抜粋
『小説全集』(1977)所収

ねむれる家とたそがれる庭の上に静かに、乳白色の綿毛のように薄い雲が浮かんでいた。地平線のきわの島影のごとき空がしだいに大きくなり、広大で、清らかで、澄みきった闇の野になり、ほのかに輝く星たちの光に淡く照らされていた。そしてはるか彼方の丘陵の上に沿ってやわらかな銀色の細い線が走り、丘陵と空とを切り離していた。庭では元気になった木々が深呼吸して休んでいた。そして公園の草地の上には、かすかな形のない雲の影と、カッパービーチの黒い影の輪とが交互して投げかけられていた。

湿気をまだたっぷりとはらんでいたやわらかな空気が、澄みきった空に向かって、静かに立ちのぼって行った。砂利地と街道には小さな水たまりがあり、黄金色に輝くか淡い青色を映すかしていた。

《私の頭上では…》

Über mir blaut…

『盛夏』(1905)からの抜粋
『絵本』(1926)所収

私の頭上では、幾千年もの歳を重ねた空がとほうもなく広々として青く燃え、雲が太古の聖なる輪舞を踊り、物言わぬ山々が不敵にそして変わることなくたたずんでいる——これと合い並んでいまだに、人間の営みと人間の憂いという滑稽ながらくたが存在する。こんなことがどうしてありうるのか！　いや、このがらくたはもはや存在しない。それは、すべての笑止千万なことが滅びるように、なくなってしまい、伝説となり、夢となり、理解のできない過去のものとなってしまった…私は、今ではもう別個に存在する者でも、人格をもつひとりの人間でも、不安のうちに切り離されて区別された存在でもない。そうではなくて単に、自分の考えと願望と憂いといったものをもたずに、風と水、雲と波というより大きな豊かな生命(いのち)を一心に見つめている大地の子にすぎない。

紅海の夕べ

Abend auf dem Roten Meer

1911年9月
『詩集』（1977）所収

灼熱の砂漠からこちらに、
毒々しい風がよろめくように吹き、
ほとんど動かぬ海が、いかがわしげに待っている。
せからしく飛ぶ何百羽ものカモメが、
熱地獄を行く私たちの道連れ。
稲妻が空の端に力無く走り、
この呪われた地は雨の恵みを知らない。

しかしその上空には、白っぽくそして朗らかに、
穏やかな雲がぽつんと浮かんでいる。

私たちがこの世界でもうこれ以上絶望的であらぬように、
そしてひとり苦しむことがなきように、
神が私たちのためにこの雲をそこに置かれたのだ。

私は、この広大無辺の荒野と、
地上のもっとも暑き地に私が見つけた
この蒸すように暑苦しい地獄を、忘れまい。
しかし、その上空にはほほえむ雲が浮かんでいたことが、
わが人生の盛りにあり私に迫りくるのを予感する
あの重苦しくのしかかる不安の慰めとならんことを。

「セイロンの思い出」 Erinnerung an Ceylon

1912年執筆
『ペドゥロタガラ』からの抜粋
『インドから』(1913)所収

しだいに雨が上がり、涼しかった風が凪ぎ、そしてときおり、数分の間、太陽が顔をのぞかせた。

私は前山を登りつめ、山道もまさに佳境に入り、弾力のある湿原といくつもの美しい山の小川を越えて行った。ここでは、アルプスシャクナゲが故郷よりも生い茂り、大人の背丈の三倍もあるがっしりした木になっていた。そして柔毛で覆われて白い花を咲かせていた銀色の草が、エーデルワイスをすこぶる思い出させた。私は、私たちの故郷の森に咲く花の多くを見つけはしたが、しかしすべてが妙に大きくて背丈が高く、そしてすべてが高山性のものだった。でもここの木々ときたら、樹木生育限界などどこ吹く風ときていて、力強く葉を多く茂らせてとことんまで高く成長しているというありさまなのだ。

私は山の十合目に近づいた。道が急にまた上り坂になりはじめ、まもなくまた周囲を森に取り囲まれた。妙に生気がなくて魔法をかけられでもしたかのような森で、そこでは、蛇のように曲がりくねった幹や枝が、長くて、分厚くて、白っぽいコケのひげで目隠しされたままに、私をじっと見つめていた。そしてその間を、葉と霧の湿っぽくて鋭い臭いがただよっていた。

これらはすべてまったく素晴らしかった。しかし実のところは、私がこころひそかに思い描いていたものではなかった。それで早くも私は、インドでの数々の期待はずれに今日もまた新たな期待はずれが加わるのか、と思っていた。そうこうするうちに森が終わり、オシアンが描く灰色の荒地に出たときには、身体が温かくなり少しばかり息が切れていた。手前に荒涼とした山頂が見え、小さな石の仏塔があった。強烈な冷たい風が私に吹きつけ、私はコートをまとい、ゆっくりと最後の百歩を上へと登って行った。

私がこの上で見たものは、ひょっとすると典型的にインド的なものではなかったかも知れなかった。でもそれは、私が全セイロンからもち帰った最大にして最も純粋な印象であった。たった今、風がヌーレリアの広い谷を吹き抜け、谷全体が澄み渡った。セイロンの高山系全体が、強大な防壁となり、濃い青色をおびて巨大にそびえ立っているのが見えた。そして中央には太古の神聖なアダムス・ピークの美しい仏塔があった。その横のはるか彼方の眼下には、海が青く鏡のように滑らか横たわり、その間には、幾千もの山、広い谷、狭い峡谷、大きな川と滝があり、山の多い島全体が無数のひだをなしていた。そしてここに数々の昔

の伝説は楽園を見いだしたのであった。私のはるか眼下のそれぞれの谷間の上を巨大な雲が轟音(ごうおん)を立てて流れ行き、私の背後では、濃紺の地の底から渦巻く雲のようにガスが立ち昇ってきていた。そして全ての上をうなり声を上げる冷たい山風が荒く激しく吹き過ぎて行った。そうして、近くも遠くも湿っぽい大気のなかで神々しいまでになり、南風(フェーン)が吹く頃の艶やかな色彩にあざやかに染まっていた。それは、まるでこの地がじっさいに楽園であり、そしてまた今まさに雲に包まれた青い山から、最初の人間が大きく力強く谷間に降りてくるかのようだった。

この雄大な原風景は、私がインドでほかに目にした何にもまして力強く私に語りかけた。ヤシに極楽鳥、稲田に海岸沿いの豊かな町の寺院、熱帯地方の低地の実り豊かさが発散する谷間、こうしたもののすべては、原始林でさえもが、美しくて魅惑的であった。けれども、私にはつねになじみがなくて奇妙で、必ずしも身近なものでもまた固有なものでもなかった。この山頂の荒涼とした高みの冷たい大気と沸き立つ雲のなかにおいて初めて、私たちの本質と私たちの北の文化が、いっそう荒涼として貧しい国々にいかにまるごと根ざしているものなのかが、まったく明らかになったのであった。私たちは、南方と東方への憧れに満ち、おぼろげながらも感謝に満ちた故郷の予感に駆り立てられてやって来る。そして私たちはここで、楽園と、満ち足りたあふれんばかりに豊かなあらゆる自然の賜物を見いだし、楽園の地味で質素で子どものように無邪気な人間を見いだす。しかし私たち自身は別であり、ここではよそ者であり、市民権をもたない。私たちはとうの昔にこの楽園をなくしてしまって、私たちがもち築きたいと願う新たな楽園は、赤道にも東方の暖かい海辺にも見いだされない。これは、私たちの内に、そして私たち自身の北国の未来にあるのだ。

アレグロ Allegro

『厳かな夕べの音楽』(1912年2月執筆)からの抜粋
『詩集』(1977)所収

群がった雲がちぎれる。赤々と燃える空からこちらに
ふらふらと漏れ出た光が、目をくらまされた谷間をさまよい渡る。
南風(フェーン)の嵐にあと押しされて
私は、疲れを知らぬ足取りで、
雲垂れこめる人生をすり抜ける。
ああ、私と永遠の光の間にただよう
灰色の霧を、どうか嵐がいつもしばしの間
吹き散らしてくれんことを!
私は異国に取り囲まれ、
運命の巨大な波に

故郷から遠くもぎ離されて、あちこち追い立てられる。
南風(フェーン)よ、雲を追い払え、
ベールを引き剥がせ、
私のこころもとない小道に日の光が当たるように！

《火を見るのです…》

Blicken Sie ins Feuer…

1917年執筆
『デミアン』(1919)からの抜粋

「あなた、火を見るのです。雲を見るのです。そしていろんな予感が訪れて、あなたの魂の声が語りはじめたら、すぐにあなたはこの声に身をゆだねて、そしてまずは尋ねないようにしてください。これははたして先生とかパパとか神様とかのお気にも召すものだろうか、あるいは、好ましいことなのだろうか、なんていうふうにはです。そんなことをしたら、自分を殺してしまいます。そんなことをしたら、みんなの歩道を行くことになって石頭の化石になりますよ。」

『対話』の章(1942)からの抜粋
『ガラス玉演戯』(1943)所収

《彼は立ち上がり…》

Er erhob sich…

彼は立ち上がり、窓の所へ行き、そして上を見上げた。すると、そこには、流れ行く雲の合間のいたる所から、深く澄みきった満天の星の夜空が縞模様にのぞいていた。彼がすぐには戻ってこなかったので、客もまた立ち上がり窓辺の彼のもとに歩み寄った。名人は立って、上の方を見ながら……秋の夜のひんやりとした空気を味わっていた。彼は手で空を指し示した。

「ご覧なさい……縞模様の空のこの雲の風景を！　一見すると、最も暗くなっている所が深い所と思いたくなりますが、しかしすぐに気づくのですよ。この暗くてぼんやりした所は単に雲にすぎず、深い宇宙はまず、この雲の山脈の縁とフィヨルドのような深い切れ込みの所ではじまり、無限の世界へ落ち込んでいるのだと。そしてその中に星があって、星は厳かで、私たち人間にとって澄明と秩序の最高の象徴になっているのだと。雲があり暗くなっている所に世界とその神秘の奥深さがあるのではなくて、奥深い所は、澄んでいて晴れている所にあるんだ……床につくまえにもうしばらく、たくさんの星が出ているこの湾と海峡を見てみなさい。そうして、そのさいに君のこころにもしかして浮かんでくるかも知れない考えや夢を追い返さないようにしなさい。」

孤独
Vereinsamung

1911年から12年にかけて執筆
『詩集』(1977)所収

雨と風に聞き耳を立てるのが私は好きだ。
そして森の暖かな暗闇のなかをさまようのが私は好きだ。
流れ行くすべての雲たちから、
彼らの希望と行き先が何であるのか、聞いてみたい。

旅人としてここかしこで、
異国の住まいの窓越しに見るのが私の慰め。
そして見知らぬ人間の生活と悲喜とを
静かに観察し、そしてそれらをもち帰る。

しかし夜に、天高き星々が私の床を
冷酷に厳しく見下ろすとき、
私は寒気をおぼえながらも瞑想に耽り、
そして己のこころが異国になったことを知り、私はぞっとする。

雨の日々
Regentage

1913年6月執筆
『詩集』(1977)所収

物怖じしたまなざしは、至る所で
灰色の壁にぶつかり、
そして「太陽」は、今ではもう空疎な言葉にすぎない。
木々は濡れ、裸でたたずみ凍え、
女たちはコートにくるまり歩き、
そして、雨が音を立ててしきりと降り続く。

かつて、私がまだ少年であったとき、
そのときはまだ、空はいつも青く澄んでいた。
そして、全ての雲が黄金色に縁取られていた。

さて、初老を迎えてからというもの、
すべての輝きが失せ、
雨が音を立てて降り、世界は変わってしまった。

夜の行進の道すがら

Auf einem nächtlichen Marsch

1915年3月執筆
『詩集』(1977)所収

嵐と横殴りの雨、
野の闇の広がり、
雲の影が厳かに
私たちを見送る。

突然、明るい縦穴が
暗い雲の斜面に走り、
月明かりに満ちた夜が
静かに人の群をのぞき込む。

島影のごとき空は清らかに青く、
厳格な星たちがあいさつする。
月の光に照らされた雲の縁が
波打つ銀の川となる。

魂よ、魂よ、こころしてあれ！
彼方の兄弟たちが、
時間（とき）の漆黒の闇から
黄金色の階（きざはし）へとお前を呼んでいる。

魂よ、この合図に応え、
広大な虚空に身を浸して泳げ！
神がおまえの行く暗き道をひきつづき
光のもとへと導いてくださるであろう。

《あのサンザシの生け垣の…》

Bei der Weißdornhecke…

1952年4月執筆
『四月の手紙』からの抜粋
『過去を呼び返す』(1955)所収

あのサンザシの生け垣の、そしてあのブナの木の近くでのことだった。世界がみずみずしく緑色になり、復活祭の日曜日には、私たちの森でカッコウの最初の鳴き声が聞かれはじめていた。春から夏へひと跳びする準備がすでにできた、なま暖かくて湿っぽく、変わりやすい天候で、風が吹き荒れた荒れ模様のある日のこと、偉大な神秘が、自らの目で比喩を見るという形をとって、私に語りかけたのだ。重々しい曇天の空で雲の大演物(だしもの)が上演されたのである。ただし曇天とは言え、芽が吹き出した緑の谷に、太陽のギラギラ輝く視線が再三投げかけられはしていた。風は、四方八方から同時に吹いているようではあったが、やはり南北方向の風が強く吹きつけていた。不穏な熱気をおびた状態のために雰囲気がひどく張りつめたものになった。そしてこの演物(だしもの)が酣(たけなわ)になったときのこと、とつぜん私の目についてならなかったのだが、一本の木が、一本の美しい若木が、立っていたのだった。それは隣人の庭の新しく葉をつけたポプラであった。このポプラは、風に吹かれてしなやかに、まるでロケットのようにビューンと上に伸びて、尖った梢を見せた。そして少しの間風が凪ぐと、ポプラは糸杉のように気を付けをした。また風が強くなると、幾百本もの細くて櫛（くし）で少しすかしたような枝を動かせては身振り手振りした。このみごとな木の梢は、さらさらと音を立てる葉をわずかにキラキラと輝かせながらその力と緑の若さを喜び、縦横に身体をゆり動かせていた。秤の針のようにかすかにゆれ動くさまは表情豊かで、戯（じゃ）れっこでもするかのように身を屈めるときもあれば、意地っ張りになって勢いよく身はね返えらせるときもあった。

（私は、すでに一度、数十年前に、桃の木の枝のこのような戯れを感受性豊かに観察し、詩『花の咲く枝』のなかで描いたことを、ずっとのちになって初めて思い出した）

あの花咲く枝
Der Blütenzweig

1913年2月執筆
『詩集』(1977)所収

あの花咲く枝は風に吹かれて
いつもゆらゆらゆれている。
私のこころは子どものように
いつもふわふわ浮き沈み、
明と暗の日々の間で、
意志と諦念の間で。

花が風に吹かれて散り、
そして枝が実をつけるまで。
こころが幼年時代に飽きて
安らぎ、
そして告白するまで。すなわち、人生の不安に満ちた戯れは、
喜びに満ちこそすれ徒労ではなかった、と。

夕べの雲

Abendwolken

1926年執筆
初出
新聞［Berliner Tageblatt］
（1926年6月27日）
『無為の術』Die Kunst des Müßiggangs
（1973）所収

私の居間兼仕事部屋の東側の壁の所に、バルコニーに出られる幅の狭いドアがある。これは、五月から九月の遅くまで、昼夜を問わず開いている。そしてこのドアの前にごく小さなバルコニーがかかっており、幅は一歩、奥行きは半歩ときている。このバルコニーは私の一番の財産なのだ。このバルコニーのためにこそ、私は何年か前に、ここに住み着くことに決めたのであり、このバルコニーがあればこそ、旅行に出かけるといつもいつも、ある種の感謝の気持ちを抱きつつわがテッシンの住まいに戻ってくるのである。美わしく住み、そして窓の前の見晴らしは、広々としたえり抜きの絶景であるというのが、つねに私の誇りであり、私の芸術であった。しかし、私がこれまでにもった見晴らしのほぼどれひとつとして、ここほど美しくはなかった。その代償として壁からは漆喰が剥がれ落ち、壁紙がぼろぼろになり、多くの快適な設備がなかろうと——この見晴らしのためにこそ私はここに住み続けている。このバルコニーの手前で古くからの南国風情の果樹園が山に沿って険しく落ち込んでいる。分厚い扇形の樹冠をもつシュロ、ツバキ、シャクナゲ、ネムリグサ、セイヨウハナズオウ、その間に数本の背丈の高いイチイがあり、シナフジに完全によじ登られてしまっている。それから狭いバラのテラスが浮かんで見える。このねむっているかの古くからの果樹園は、私と世界の間の架け橋だ。この果樹園と、小川が流れる静かな峡谷がいくつかあり、栗の木の森で覆われていて、そしてその梢を、私は見下ろしている。樹冠が私のために昼夜ざわめいてくれていて、夕方になればそこから悲しそうなフクロウの鳴き声がこちらに聞こえてくる。そしてこの樹冠のおかげで、私はこの世の中から、家々と人間から、騒音と埃から、守られている。世の中から完全に逃れ去っているわけでも、また逃れるつもりもないのだが、まあなんとかこんなふうに私は守られているというわけだ。それでも、一本の道路が私たちの村まで上がってきて、そしてそこを毎日郵便専用自動車がやって来ては、なくてもよい多量の手紙を運んでくる。招かれざる訪問者も何人かこちらに上がって来る。とは言うものの、なかには歓迎すべき者もいる。

　私が玄関のドアを閉め切っている時間には、世の中の呼びかけは私のもとに届きはしない。それは午後の数時間で、そしてまたたいていは夕方の数時間である。このときには玄関の門は閉ざされ、そこには呼び鈴がない。さてそこで、庭の多くのテラスを見下ろしながら私の小さなバルコニーで腰を下ろしていると、誰も私の邪魔をすることはできない。そのとき私は、庭と森で覆われた峡谷の向こうに、サルヴァトーレの山と、そしてその背後にジェネローゾの山がそびえているのを見ている。それからポルレッツァのキラキラ光る入り江、それにコモ湖の彼方に、山あいには初夏までまだ残雪がある高い山々を見ている。

こんなふうに夕べに腰を下ろして、そして向かいのちょうど私と同じ高さの所に浮かんでいる夕べの雲を見やっているとときどき、ほとんど満ち足りた気持ちになる。私はこの足下に世界が横たわっているのを見て、こんなふうに思うのだ。おまえなどどうなってもいい、と。この世の中の幸せに恵まれたことがなく、私はこの世の中にあまり合わなかった。それでこの世の中は私の嫌悪にたっぷりと応酬し報復してくれた。しかし私を殺しはしなかった。私はまだ生きている。私は抵抗してそしてもちこたえた。私は、成功した工場主にも、ボクサーにも、映画スターにもなりはしなかった。けれども、十二歳の少年のときになりたいと思い立ったものになりはした。つまり、詩人になった。そして私がとりわけ学んだことは、この世の中は、それに何も望まずただ静かに注意深く自分の目でそれを観察しさえしていれば、この世の中の成功者や寵児といった連中には何も分からぬいろんなものを、私たちに見せてくれるということだ。傍観することができるということは、ひとつのすばらしい心得、ひとつの洗練された、癒しをもたらすとても楽しいことしきりの心得なのである。

私はこの心得を夕べの雲から学んだ。こんなふうに夕方に小さなバルコニーで腰

を下ろして自分の時間を過ごしていると、いつも私は雲を相手にしている。というのは、高い所にある鳥の巣のような私の住まいから、雲の真ん中がのぞき込めるとくるからなのだ。雨天のとき、つまり、この地帯の激しく情熱的な悪天候のときともなると、雲は私の部屋のなかにまで入って来る。雲は、灰白色のぼろ切れのようになってバルコニーの格子に絡みつき、私の靴にまでまとわりついてくる。そして家の外では、雲は上へ下へと曲がりくねっては、稲光がするたびにとても驚き、ピカッと光っている緑の雨滴したたる谷間のなかへ、また、凍てつくほどに冷たい黒い湖のなかへと流れ込む。そうかと思えばまた、色あせた上空の空のなかへと吸い上げられて行きもする。しかし天気がよくて、湖が青く輝き、そして夕べにはすみれ色の影がかかり、とおくの村々の窓ガラスが黄金色に燃え上がり、山々の西側の稜線が透き通るバラ色の宝石のように燃えるときには、雲もまたとても多彩で、上機嫌で、数時間もの間にわたって、作為もあてもない子どもの戯れを見せてくれる。

かつて、若かったとき、雲との関係は敬虔で少しばかり厳かなものであった。こんにち、年を重ねてくると、もうそれほど深刻に受け取ってはいない。けれども、雲に対する愛情が少なくなったというわけではない。雲は子どもであり、そして子どもは、ほかの誰によるでもなく、両親によってのみ真剣に受け取られるものだ。祖父母、すなわち、すでに己がふたたび子どもに還ることにかまけている年寄りというものは、おのれ自身のこと同様、子らのことも真剣に受け取りはしない。熱情（パトス）は素晴らしいものであり、往々にして若い人たちにすばらしくお似合いのものである。熟年を迎える者にとってより合っているのは、ユーモア、ほほえみ、深刻にはならないこと、世界を一葉の絵に描き変えること、物事をつかの間の夕べの雲の戯れのように見つめることだ。

しかし、肝心なことを忘れないように。そのためにペンを執ったのだから――昨日の、つまり、雨期が明けた最初の、湿気はあったものの晴れた日の夕方は、雲の奴ときたらまさしくどうかしていたのだ。雲の奴は、たった今し方まで長い厚い層をなして空に横たわり、クッションのように空にかかっていた。そして強まる風のために、しだいに内側に巻き込まれて縒り合わせられ、徐々にすべてが、内部が静かにうごめく長いロール状のものになっていった。たった今し方までは、こうだったのだ。たった今し方までは、空全体は、澄みきった夕べの冷ややかで鮮烈な緑がかった青にまだ呑み込まれておらず、そのかぎりにおいては、帯雲とクッションのごとき雲が織りなす絵図であった。少しずつ身体をくねらせ、しだいに嵩（かさ）と密度を増しゆく大蛇の姿をした雲の絵図だったのだ――ところが今とつぜん、私がほんのわずかのあいだ目を離したすきに、上空の空全体が晴れ、輝くばかりに冷たく澄み渡り、雲の奴ときたらみな小さくてちっぽけなものになってしまって、地平線に押しつけられていたのだ。雲の上方は白くそして黄金色で、腹の方は青色をしていた。

すべてが長く棚引き、飛行船や鯨のような姿をして、すべてがとても造形的で、とても固く圧縮されてなにがしかの形をなしていた。ちょうどこの瞬間には、宝石のような山の頂から最後のバラ色と黄金色が消え去り、大地全体も闇に包まれ、ただ空にのみ残照が、なおつかの間のあいだ輝いていた。雲の船は、突風が吹いたにもかかわらず、見たところ動かずに、山の尾根のすぐ上の所に漫然と停泊していた。そして冷たく青色をおびてゆく色になお少しばかり赤とあかがね色を混ぜ合わせて、船首を風に向けていた。しかし、刻一刻とした時間（とき）の流れのなかでなおそれだと分かるためには、それをしっかりと目にとめていなければならなかった。というのは、がっしりして動きが鈍く、ほとんど動いていないかに見えていながらも、つねに内部からさまざまな形が互いに絡まり入り交じって流れ出てきていたからだ。雲の船は、いかにも無邪気そうに、放課後の悪ふざけとでも言うべきものをやっていた。それは、男の子たちが学校の壁ぎわに立ち、先生に脱帽してあいさつするが、先生がふり向くともうそこにはいなくて、垣根のうしろで笑い声が飛び交っているといったひとコマにまったくにていた。

　そうこうするうちに今度は、長い雲のひとつがほかの雲たちの上にただよいあがり、バラ色に輝きながら（この雲も見たところは動いておらず、金属で鋳造されたかのようだった）ただひとつ浅葱色（あさぎいろ）の空をただよっていた。が、とつぜん、それがすっかり輝きで、淡い朱色で、満たされたのだ。そして輝きで満たされたかと思うと同時に、うっとりさせる魚の形になりはじめ、そうして、小さな青みがかった腹鰭のある巨大な光り輝く黄金鯉となって、ほほえみながら、しかもたいそう満ち足りて、死に向かって泳いで行った。というのは、その光はこれを最後に今まさに消えようとしていたからだ。そして私の金魚の命はもう幾許もなかった。この魚は、すでに尾鰭からしだいに褐色に重々しい色になり、腹からはしだいに青くなっていった。淡い朱色と金色はもう、背中の縁のいちばん上の所でどうにかかろうじて燃えていたにすぎなかった。このときなのだ、魚はあっという間に尾鰭を引っ込め、そして頭を膨らませたのだ。それで魚はまんまるになった。そして魚はもう消えてしまって、最後の金色もなくなっていたのだが、身を丸めて玉になり、その玉から——まるで魂を吐き出そうとでもするかのように——ふた筋の灰色のうすい雲を吐き出した。雲は、吐き出しに吐き出して、風に吹き払われながら、ますますうすくなって砕け散り、そして流れ去って消えてしまった。

　私は、こんなにも味な、ある種の自殺をこれまで見たことがない。あの金魚の奴ときたら、丸くなってクラゲになってだよ、自分の力で、口から、いや咽から、いや尻の穴から、自分自身の魂を、自分自身の実体を吐き出して、そうして自らを実体のないもののなかへ吐き出すんだ。

　かつて、まだ下界で暮らし、そして己と世界のことを深刻に考えていたとき、私はいろいろなことを経験し、目撃した。理解しがたいこと、耐え難いことが幾多とあり、そのなかには世界大戦もあった——しかし、こんなにも唖然とする、こんなにも子どもじみた遊び半分の振る舞いを、人間においても、国家あるいは議会においても、いまだ見たことがなかった。かつて世界のことを深刻に考えていたとき、私が外の世界で見たものは少なくはなかったのに。

　金魚はいなくなってしまい、私の楽しみも今日のところは消えてしまった。確かに、部屋のなかでは素敵な本が私を待ってくれてはいたのだが、私の金魚ともう一時間泳げていた方がずっとよかったろう。

ことば Sprache

1928年2月執筆
『詩集』(1977)所収

太陽は光で私たちに話しかけ、
木は香りと色とで話しかけ、
大気は雲と雪とそして雨とで話しかける。
世界の聖なる場所には、
物の沈黙を打ち破り、
言葉で、身振りで、色で、ひびきで、
存在の秘密を言い表したいという
抑えがたい衝動が生きている。
ここから芸術の光り輝く泉が流れ出て、
世界は、言葉を、啓示を、

精神を求めて苦しみ、
人の口を借り澄んだ声で永久（とわ）の経験を告げる。
すべての生き物はことばに憧れ、
言葉と数のなかに、色と線と調子のなかに
私たちの地味な努力がのぞき、
そして意味の玉座をますます高く築き上げる。

花の赤と青を借り、
詩人の言葉を借り、
造化は内を向き、
それはたえずはじまりこそすれ、決して終わらない。
そして言葉と音が加わり、
歌声が聞こえはじめ、芸術が開花すれば、
そのつど世界の、全存在の、意義が新たに作られる。
そしてどの歌も、どの本も、

どの絵も、ベールを剥ぐこと、
生命（いのち）とはひとつのものなりに応えようとする新たな、
千番目の試みなのだ。
このひとつのもののなかへ入るように、
詩が、音楽が、君たちを誘う。
創造の多彩さを知るには
ただひとたび、鏡のように目に映してみればじゅうぶんである。
私たちの身に起こる混乱したものは、
詩に表せば明快になり単純になる。すなわち、
花は笑い、雲は雨を降らせる。
世界は意味をもち、無言なるものが語る。

バッハのトッカータに寄せて

Zu einer Toccata von Bach

1935年5月執筆
『詩集』(1977)所収

始原の沈黙が張りつめ… 闇が統治する…
そのとき、一条(すじ)の日の光が、鋭い雲の裂け目から射し込み、
目には見えぬ空(くう)からこの世の底を創造し、
空間を作り、夜の暗闇を光で掘り返す。
尾根と頂、山腹と峡谷をほのかに予感させ、
大気を淡い青色にして、大地を固くする。

射す日の光は創造の大鉈(おおなた)をふるい、
萌芽を宿すものを二分して、行為と戦いを生じさせる。
よって、火がつき驚いた世界は閃光を放つ。

壮麗な世界は光の種子が落ちる先々で姿を変え、
身を整え、そして生には賛美の音を、
創造者には光の勝利の音をひびかせる。

そして大いなる衝動が、神のもとへかえるべく、
身をふり続けてはずみをつけ、
あらゆる被造物の慌ただしい営みを貫いて、
父なる精神のもとへ突き進む。
それは、喜びとなり苦しみとなり、ことばとなり、絵となり、歌となり、
世界を次々に大聖堂の勝利のアーチに変えてゆく。
それは、衝動であり、精神であり、戦いであり幸せであり、愛である。

中国風に

Chinesisch

1937年9月執筆
『詩集』(1977)所収

オパール色の雲のすきまからもれる月の光が、
先のとがった竹の影の数をひどくきちょうめんに数え、
猫の背のようにまるくて高い橋の形を
水面(みなも)にまるくきれいに映し出す。

私たちが好きでならないのは、
この世と夜の暗い地面の上に
魅惑的に描きつけられて、魅惑的に流れ行き、
ひとときもすればもう消されてしまう影絵だ。

桑の木のしたで、
筆を盃同様巧みにあやつる酔った詩人が、
彼を快く酔わせる月夜の
流れ行く影とやわらかな灯火を書き留めている。

彼のすばやい筆裁きにより、
月と雲と、
それに酔った詩人のそばをただよい行くすべてのものが、書きつけられる。
これらを、すなわち、儚きものを、歌で称え、
これらを、すなわち、優しきものを、味わい、
それらに精神と永続を与えようとして。

かくしてそれらは不滅なるものでありつづけることだろう。

In diesen Tagen…
《このところ…》

『リギ日記』(1945)からの抜粋
『晩年の散文』(1951)所収

　このところいつも雲の大演物(だしもの)があった。私らが雲のなかに包み込まれ、まったく何も見えぬことも、もちろんままあった。まるで十二月のごとき暗さになることもときおりあった。だが、一時間以上続くことはまれであった。その後、気流が厚い霧のどこかに穴を開け、飛び散るちぎれ雲を上へ追いやり、門が、いや窓が、いやいや眺望が、開かれるときてくれた。そうしてとつぜん、まったく現実離れしてたり興奮させる光景が見えたのだ。アルトドルファーにグリューネワルトこのかたふたたび描かれたことがほとんどないような風景、楽園のごとくでも黙示録のごとくでもあった風景であった。巨大に高々と築き上げられた黒い地獄の門の向こうには、日の照る黄金色をおびた緑の彼方がのぞいておった。むしろ反対であったか。つまり、しばしの間暖かく輝かしく日の光に照らされておった近くが、濃紺一色の彼方から鋭くきわだち上がり、彼方ではときおり雷鳴が聞こえるか所々で稲妻が走るかしておった。そうしてまた、草や石についた雨滴がピカリと輝いておったという具合だ。

《降りていくことは…》

Mir macht das Heruntersteigen…

イルムガルト・シャビッキ宛の報告(1951)
本書初紹介

年をとり死に向かうすべての階(きざはし)を降りてゆくのは大いに骨が折れますよ。しかしですね、読書をしたり音楽を聴いたり、あるいは自然のなかにいるとつねにまた、私がいまなお享受しうる楽しみがありましてね。たとえば、二月十一日の日曜日、二日間続いた南国生まれの嵐のあとのことでした。まだ冬のように雪化粧していた私らの山岳地帯で、長々と続く雷雨の演物(だしもの)がありましてね、あらゆる照明効果をあげて、そして打ってつけの打楽器を打ち鳴らしてくれましたよ——

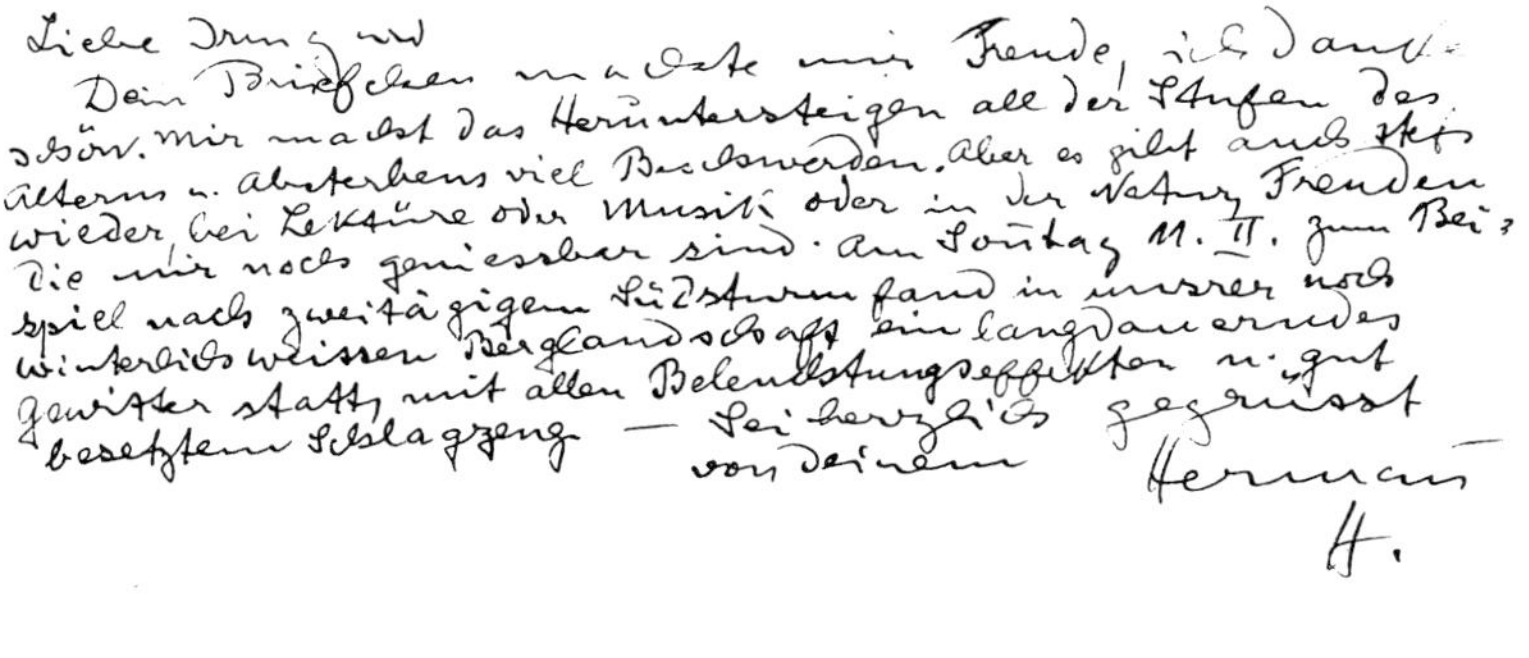
Liebe Irmgard
Dein Briefchen machte mir Freude, ich danke
schön. Mir macht das Heruntersteigen all der Stufen des
Alterns u. Absterbens viel Beschwerden. Aber es gibt auch stets
wieder bei Lektüre oder Musik oder in der Natur Freuden
die mir noch geniessbar sind. Am Sonntag 11. II. zum Bei-
spiel nach zweitägigem Südsturm fand in unsrer noch
winterlich weissen Berglandschaft ein langdauerndes
Gewitter statt, mit allen Beleuchtungseffekten u. gut
besetztem Schlagzeug. — Sei herzlich gegrüsst
von deinem
Hermann
H.

南風(フェーン)が吹く夜
Föhnige Nacht

1938年2月執筆
『詩集』(1977)所収

南風(フェーン)が吹くなか、イチジクの木がまたもや、
曲がりくねった枝を蛇のように支離滅裂にゆれ動かす。
孤独な宴に合わせて荒涼とした山脈の上空に満月が昇り、
その場に影を投じて生気を与える。
満月は、滑るように流れ行く白く光る雲の船の間で
うっとりとしてひとり言を言い、湖をたたえる谷間の上の夜にそっと魔法をかけて
魂の像と詩に変える。
そのために私のこころの奥底で音楽が目覚め、
それから、切実な憧れのなかで魂が身を起こし、
己を若く感じ、みなぎる生気を取り戻そうと

運命と戦い、己に欠けるものをほのかに予感する。
歌を口ずさみ、幸せの夢をもてあそんでは、
もう一度やり直し、遠い昔の青春時代の熱き激しい力を
冷めた今日のなかにもう一度呼び覚まし、
さすらい、努めて求め、
そしてかけめぐる願い(おもい)の鈍い鐘の音を長々とひびかせて、星々にまで届かそうとする。
私は躊躇い(ためらい)ながら窓を閉め、明かりを灯し、
白く光り輝く床の夜具が待っているのを目にする。
外では、銀色の庭の上空に南風(フェーン)に吹かれて艶やかに浮かぶ月が、
この世界と風に吹かれて流れる雲の詩(うた)のまわりを巡っているのを知りつつ、
しだいにふだんの事柄に戻り、
ねむりのなかにまで私の青春時代の歌がひびいてくるのを聞いている。

終曲 Ausklang

1901年11月執筆
『詩集』(1977)所収

旅する雲ときつい風が、
病んでいた私を冷やす。
こころ穏やかな子どものように夢見ながら
私は休息し、そして癒えた。

私の哀れな愛のなかで、
すべての激しい情欲を静めながら、
静かに嘆き悲しみつつ生き残ったものは、胸の奥底の
ひとつのひびきだけ。

この名状しがたいひびきには、
風とモミの木がざわめくなか、
幾時間も、いや幾日も、
何も語らず一心に耳を傾けていることができる。

編者あとがき Nachwort

「この広い世界に、この私以上に雲のことを知り、雲を愛している男がいたなら、私に教えてほしい。」ヘルマン・ヘッセの最初の長編小説『ペーター・カーメンチント』の恐らくもっとも印象深い部分のひとつは、この雄叫びで始まります。『ペーター・カーメンチント』、これは、当時ちょうど二六歳であった著者を、一九〇三年から四年にかけてのわずか数ヶ月の間に、全ドイツ語圏において一躍有名にした本のことです。この雲の賛歌は、今日の現在に至ってもなお、初等学校の無数の読本のスタンダード・レパートリーに入っています。これには十分な根拠があります。というのは、化学と物理の授業のなかで、雲のさまざまな現象が凝結した水蒸気の結合により雲ができるということに限定される前に、雲の尽きることのない現象形態をまずは五感をあげて知覚し、それからものを見る角度をこのように絞るということを適切に組み入れることができるほうが賢明だというわけなのです。なぜなら、気化した水から成り立っているという雲の一貫性にもかかわらず、このはかない形成物は、形状が豊かで、そして気象や天候と並び、私たちが一般に意識する以上に、私たちの気分や精神状態に強く影響を及ぼすという働きがあるからです。南国の住民は、陽の光がより多く漏れてくる空の下で日常を過ごすことができます。北の緯度の住民よりも彼らの方が生きる喜びがより大きいということは、太陽と自信との密接な相互作用の数ある例のうちのひとつです。これには雲も大いに関わっています。雲が、隙間のないひとつの絶縁層として、陽の光をただ弱々しく乳白色にしか漏らさないのか、それとも、雲の編隊に隙間をもたせて、これに光り輝く空の風景画として演出させるかにより、私たちは憂鬱になりもすれば希望に満ちた楽しい気分になりもします。雲が霧として綿の壁で視界を遮るのか、それとも視界を切り開き、地平線を広げ、大気圏を区画し、これによりその果てしなさを初めて知覚可能にするのか、雲は、つねに生き物の植物性神経系に作用して、私たちの事物の見方に影響を与えているのです。ヘルマン・ヘッセは一九一八年にこんなふうに記しています。「内部が静かにうごめき幾本もの条(すじ)が入ったこの曇り空が私のこころにその姿を映しているのか、それとも逆に、私がこの空から私の内面の姿を読み取っているにすぎないのか、それを言うのは私にはまったく不可能なことだろう。」(一〇〇頁)

何事につけてもそうですが、自然の魅力と形態の豊かさを正当に評価するためには、対象と一体化する感情移入能力と、それに芸術家たちだけがもたらすような表現の具象性が必要になります。(イギリス人のウィリアム・ターナーを筆頭に)絵画においてであれ、文学においてであれ、雲の最も美しく印象深い描写は、彼らのおかげです。また詩人と言えども、ヘルマン・ヘッセにもまして感謝の気持ちをもち、一心不乱にこの自然現象に傾倒した人は、恐らくほとんどいないことでしょう。ヘッセの最初の伝記作者であり、またヘッセの姿を歪めることなく伝えることにおいてこれまで右に出る者がいないフーゴー・バルがすでに、このことを認識していました。彼は、ペーター・カーメンチントの挿入詩『エリーザベト』にふれて、次のように述べております。「ヘッセの数々の本のなかの雲について書くとすれば、ここでまる一章が割かれねばならないだろう。しかし残念ながら、これは文献学者にお任せするしかない。」

ヘッセの詩にとてもよく雲が登場するのは(注1)、偶然ではありません。というのは、雲は見たところでは重さが無く、形と色は数えることができず多彩であるため、あらゆる感情と気分の表現の担い手となるからです。はかなくて移ろいやすく、生まれたかと思えばすぐにまた消えていくのをつねとして、故郷をもたずに永久(とわ)な

るもののなかへ入ることを志し、朗らかで、悠然としていて、威嚇的で、いやデーモンのようで、運命のように気まぐれときています。「風よ、波よ、雲よ、形なくとどまることなく／おまえたちの内なる本質は、われらににている…／おまえたちは、休むことなくおぼつかぬなぞの筆取りで絵を描き続ける／生（せい）の絵とそのもっとも深き意味の絵を／…おまえたちは、おまえたちの生滅の拍子をもってわれら夢見る者に／わき起こるおぼろげなる予感を抱かせつつ、己の本質を読み取らせる／」と、彼のごく初期の詩のひとつ『雲の歌』のなかで言われています。しかしまた、『ペーター・カーメンチント』からヘッセの教育学的な晩年の作品『ガラス玉演戯』に至るまでの彼の散文作品、エッセイ、物語、それに長編

小説においても、雲は繰り返し話題になります。一九〇一年に初めて行われたイタリア旅行の散文素描のなかで彼はすでに、「この雲の詩を私たちの言葉に置き換えること」を試みています。ジェノバ湾の上空で、日没の太陽の燃える光線が白い靄のようにうすい雲に当たる。それで白っぽい「羽根があつくなって震えて燃え上がり、赤く、あまりに赤くなったので、ジェノバの丘陵の上空にかかる姿は、さながら燃え上がる松明のようだった」(六二頁)。この印象は、私たちが雲の目線で世界を見つめ、そしてまるで飛行船に乗りコルシカ北部からフランス南東部のアルプ・マリティーム県まで連れて行かれるごとくに感じるように、雲の旅を描いています。

ヘッセは、雲の所作を解読して具象的に表現することを心得た希有のいわば雲の観相家なのです。彼は雲を擬人化して見ています。そして雲に人間の運命を映しているのです。彼にとっての空は一点の絵画、というよりはむしろ、たえ間なく変化してひっきりなしに新しい登場人物を出してくるひとつの芝居なのです。「これらのなかに私たちは、人間の戦いと、祝宴と、旅と、戯れを見る。私たちは、この美しい影絵芝居のすべてがなんともはかなく、移ろいやすく、そして無常であるのを知り、快くもまた哀しくなるのである。」(十七頁)ヘッセの雲は「人殺しのように不気味に徐々に忍び足で近づき、疾走する騎士のように猛スピードでうなり声をあげながらやってくる。雲は、憂鬱な隠者のように悲しげに夢見ながら、色あせた空に垂れこめている。雲は、至福の島の形になったかと思えば、祝福する天使の姿になる。また雲は、脅かす手ににたかと思えば、風をうけてはためく帆のようにもなる。いやまた空を渡るツルにもにる」(二一二頁)のです。

このような描写に比べれば、気象研究が雲の形をタイプ別に分けようと努めている語彙はお粗末に思われます。ゲーテと親交があり、初めて雲を科学的に研究してそして特徴づけようとしたイギリスの化学者ルカ・ハワード(一七七二-一八六四)は、雲を主要な三タイプに分類し、このために今日まで通用しているラテン語の用語を見つけました。最も遠く離れた高度七千mから一万三千mで発生し氷晶からなる糸状の形成物を彼は巻雲(Cirrus-)(巻き毛を表すラテン語)と命名しました。高度約六千mから二千mの靄状の幅の広い平らな形成物を層雲(Stratus-)(広げられたを表すラテン語)と、そして最も厳密に限定されて高度千mから千五百mで丸屋根や塔の姿のかたまりになる靄の山を積雲(Cumulus-)(堆積を表すラテン語)と命名しました。その後まもなくゲーテは命名されたばかりの形成物のそれぞれに詩を捧げました。しかしながら、空の諸階層における形と距離と変態にもとづくハワードの分類は、十分であると言えるにはほど遠いものでした。その結果すぐにまた、数多くの混合形に巻積雲(Cirrocumulus)、巻層雲(Cirrostratus)、高積雲(Altocumulus)、乱層雲(Nimbostratus)、層積雲(Stratocumulus)、積乱雲(Cumulonimbus)等々という名称が付けられ、そしてこれらの特殊な形もまたさらに細分化されねばなりませんでした。このような細説とともに雲の生成条件の究明がなされました。つまり、ヘッセがすでに一九〇〇年に当時書かれた詩『ながめる人』で認識した必然性が明らかになったわけです。ヘッセはこんなふうに言っていました。「かつては無秩序で、きまりに縛られぬかのように思われた一切のものが、/永遠の法に従い流れ行くのが見える。」

雲が形成される法則性については今日、ヘッセの時代よりもはるかに多くの事柄が知られています。地表の四分の三以上を覆っている全ての水のうち、四十万キロ立方メートルというほとんど想像もつかない量の水が天地の間を毎年循環しているということも、そうこうするうちに私たちの知るところとなっています。このほとんどは海から蒸発したものであり、これに比べれば、陸地から蒸発したものは四分の一すらありません。地上に落下できるにはあまりに小さくまた軽い何百万もの水滴がひとかたまりになり雲を作ります。この水蒸気のかたまりは、極地と赤道間のかなりの温度差のために、対流を起こします。そして温度差はマイナス七五度からプラス四十度の間になります。そのさい、暖気が極地へ向かって、また寒気が極地から赤道へ向かって流れ、そして大陸間に吹く風と複数の気象大系が生じます。温度差が大きくなればなるほど大気も早く流れ、そしてこれに伴って雲も流れます。ちなみに、含まれる水のうち私たちの目に見えている部分が雲であるわけです。「雲は、目に見える形で…、目には見えない空間のなかで大地の存在と生の営みを継続している、大地と地上の物質の唯一の片割れなのだ」（十三頁）、とヘッセは述べております。

たったひとつの雲が――たとえそれがまだとても小さく、フリーズのようにやわらかで、そして見たところでは羽根のように軽くても――千トンもの水を含みうるのです。大気の温度がごくわずか上昇するや消えうるのです。なぜなら、その水分が気化して見えなくなるからです。これとは反対に、大気が冷えれば雲は嵩を増し、そして水滴が重くなりすぎてもはや浮遊してはいられなくなると、雨や雹や雪としてその重荷を大地に返すことになります。

雲はまた、生きるによい気候の調節の一翼も担っています。というのは、地球がこの絶縁層をもたずにたえず天空にさらされているところでは、日中に太陽光線が垂直に射し込むと温度が五八度に上昇し、そして夜にはマイナス十度になるというこの極端な温度の変動のもとで、地面が干上がるだけでなく、岩石の浸食すなわち風化が、要するに砂漠化がひき起こされ、生育と生存がほぼ不可能になるからです。雲は、一方では浮かぶ日傘のように太陽エネルギーの放出を防ぎ、また他方では熱せられた熱帯の海洋の過剰な熱をスポンジのように吸収して地球全体に分配し、そしてより寒冷な緯度地帯にも遠隔地の熱を供給しています。このことによって雲は、地球の気候を決定づけ守っているのです。私たちの故郷の圏内においてさえなお、暑い午後ともなれば毎時、数百万リットルもの水が大気圏に蒸発していきます。これらは雲のなかに電界を作り、そしてこの電界は、雲の組立てが変わるほどに大きくなるや、雷光となって放電されます。これに伴って起こり、そしてヘッセがふざけて「打ってつけの打楽器」にたとえた雷鳴は、雷光によりきわめて急激に熱っせられた大気の爆発的な膨張によって発生するのです。

つまり、温度、風速、湿度、わけても太陽の放射エネルギーが、たえず変化する大空の舞台を決定し、その演出家が雲なのです。雲は地球の色にも影響を与えています。なぜなら、雲は日の光によりじつに様々な色合いをおびるからです。かわいいほんのひとつのベールのようにうすい雲が太陽にかかり、大気がほんの少し霞む(かす)か澄むかし、その湿度がわずかに増減するだけで、日の光はたちまち変化します。そして日の光とともに、幾百段階もの陰影をつけられて、広大な天空で、そしてすべてのものからにぶく輝いている色もまた、変化します。というのは、色にも静的なところが、つまりモノトーンの状態の持続が、無いからです。色も雲同様、日の光に照らされて変化します。それは、たとえば、雲のない空の光り輝く青から威嚇的な雷雨の暗がりまで、雲の風景のあらゆる色合いを映し出す水面(みなも)にていきます。それに、日の光が雲のあちこちの隙間から灰青色の帯となって射し込み、そして非現実的な輝きを放つ斑点となって山河の上を走り去るときの、あのすばやい色の移り変わりを、誰が知らないでしょう。雲が形成されるたえず滔々(とうとう)と流れる世界には、永続するものも、回帰するものも、予知されうるものは何もありません。

だからまた、雲は束縛されない身の上と自由の象徴でもあります。ノヴァーリスは彼の『ハインリヒ・フォン・オフターディンゲン』のなかで、「雲は流れ行き、そしてその冷ややかな影で私たちを迎えて連れ去ろうとする。そしてその形は、私たちの内より吐き出された願いのごとく、愛らしく多彩であるが、その澄明さ、地上を照らす素晴らしい光はまた、未知にして名状しがたい壮麗なるものの予示のごとく」、と記しています。ヘッセにとって雲は憧れをひきつける磁石のようなものでした。そしてそれは、魂の生まれかわりとして、彼の内心の衝動を、つまり、さすらい放浪生活を送り、あらゆる道のゴールに至り、さらにはそれを越えて行きたいという衝動を、強めたのでした。「私は、おまえたちとともに語らい、おまえたちの縁者となり、／また旅の道ずれとなり、遠くへ出かけた。／おまえたちは、今もって私を愛し、私のことを忘れたことがない。／おまえたちの永久(とわ)のさすらいにつき従い、／街道また街道と長い道のりを踏破して、／おまえたちを愛し、おまえたちのことばを語り、／ただまれに、旅と旅の合間に、／人々のもとで心地よくなるも一瞬であった、この友のことを！／――もしも大地が私に行かせてくれるなら、ならおまえたちは、／私を兄弟として、新たな空の旅に受け入れてくれるか？／おまえたちとともに波風を突いて旅をして、／そしてそれから聖地をめざす旅人たちに、／私がただひとりこんなにも長く休まず歩み続ける郷愁の道を行くように言ってもよいか？／よい、と言え、姉妹（きょうだい）たちよ、友たちよ！ 私をいっしょに連れて行け！」（『対話』二八頁）空を飛びたいという人類古来の夢だけが（ヘッセは十年後に最初のツェペリーン飛行船と飛行機とによりこの夢を実現しています）この詩のなかで表現されているのではありません。そうではなくてまた、雲の世界のときとして神々しく、往々にしてまさしく霊的である光の効果のゆえに、成功した人生の報いとしての彼岸での存在なるものは、宗教にとってはただ、天空においてしか考えられえないという理由（わけ）にもうなずけるようになっています。

このこととヘッセの次の比較との間にもはやそれほど隔りはありません。「自然における雲は、人間となりこの世の肉体をえて羽根をもちそして重力に抗（あら）っている、芸術におけるあの精霊や天使といった天上界の存在に等しい。」（十七頁）とは言えやはり、バロック時代、あの雲の時代そのものとは異なっています。なぜなら、あの時代の教会や礼拝堂やレジデンスの天井絵は、天国を先取りし、そして雲のうっとりさせるような空中楼閣にキリスト教と封建制の象徴的担い手の全人員を住まわせているからです。今世紀の詩人たちはせいぜい、個人的な理想の人物の夢を空に投影させているに過ぎません。ヘッセの場合それは、エリーザベト・ラ・ロッシュに捧げて一九〇一年に書かれた同じ名前を持つ詩で歌われる、とどかぬ青春時代の恋人エリーザベトです。「高い空に浮かぶ／白い雲のように、／白く、美しく、はるかなる君、／エリーザベト。／白い雲が流れさすらっているのに、／君ときたらほとんど気にとめない。／けれどその白い雲は、暗い夜になると、／君の夢のなかを流れ行く。／流れ行き、そして至福の輝きを放つから、／白い雲に君が寄せる／甘い郷愁は、／その後止むことを知らない。」あるいはベルトルト・ブレヒトがいます。彼は、『ペーター・カーメンチント』とそれゆえにまた詩エリーザベトを、「ひんやりとして、秋の色鮮やかさと渋みあふれる一葉の紙」と評しました。彼の場合には、一九二〇年に書かれ、そしてそうこうするうちにほぼまったく同様に有名になった『マリー・Aの思い出』のなかで、こんなふうに言われています。「そしてあの接吻（キス）さえ、私はとうに忘れてしまっていただろう／その場にもしも雲がなかったなら／あいつのことは今も覚えているしずっと覚えているだろう／あれはとても白くて上の方からこちらへやって来た」

こうした経験は、詩人にとってはひとつの思い出であり、美しく遠くにあり、そしてまた、彼らの故郷に寄せる憧憬と故郷さがしの象徴になっている雲のように、しっかり捕まえてはいられないものなのです。けれども、しっかりと根をおろして故郷をもちながら、しかしながら同時にいつも旅立ちの用意をして変わることができるというのは、彼らにとって両立不可能なことです。それゆえに、ヘッセの詩におけるように、雲との一体化が行われるようになります。「私は、この白き者たち、不安定な者たちを、／太陽、海、それに風と同じように、愛している。／なぜなら、それらは、故郷をもたない者の／姉妹（きょうだい）であり天使であるのだから。」（白い雲）あるいはまた、これほどに敬虔なものではありませんが、一九一九年に表現主義的な物語『クリングゾルの最後の夏』のなかで次のように言われます。「雲になり、ペルシャへ飛び、ウガンダに雨を降らせよ！　シェークスピアの霊よ、降りてこい、そしてわれらにおまえの酔いどれ阿呆の雨の歌を聞かせよ。こいつときたら毎日降っていやがる。」

若かりし頃には雲に対して敬虔で少し厳かな関係をもっていた、と五十歳のヘッセはふりかえっています。しかしながら、年を重ねるにつれて、雲の戯れをもっとユーモアをもって、そして世の中と対照の妙をなす演物（だしもの）として楽し

赤い家と雲、ヘルマン・ヘッセの水彩画　1926年

んでいると言っています。なぜなら、彼のような者は世の中に適応しにくいのだが、それでもこの世の中は、仕事人間や出世第一主義者には気の毒なことにまるで分からぬいろいろなものを提供してくれるから、ということです。

ヘッセは、第一次世界大戦後、南スイスが彼の将来の第二の故郷になるとの思いに至り、生理的に合わない雲の垂れ込める北部の工業地帯に永遠に背を向けたのでした。禁欲的なプロテスタントの牧師館の出である詩人がテッシンの空のもとで見いだしたものは、敬虔な生活の当時はまだ自然と結びついた感覚的に楽しむ素朴で無邪気なところ、それに色彩を楽しむ南部の異教のカトリシズムでした。そしてその空のもとで引き立てられた山村の豊かな植物の成長と輝きとに魅せられて、そのためにヘッセは画家になったのでした。ヘッセは一九一七年の日記にこんなふうに記しています。「私がこの南にやって来るや、ねむり込んでいたひとつの感覚がふたたび目覚め、ものを作る喜びが生まれてきている。あそこで絵を描いたのも事情は全く同じだった。」二十年代には恐らく千枚以上もの水彩画が描かれました。というのは当時、夏の月ともなると彼の本業はもはや文学ではなくて、絵画だったからなのです。彼は、この情熱のありがたくない中断にさいして、彼の自叙伝的報告書『ニュルンベルクの旅』にこう書きとめています。「そして私は、この目が許すかぎりじつに熱心に、こんなふうに私たちの美しい森のさわの栗の木の下に腰を下ろして、そうして朗らかなテッシンの丘や村の水彩画を描いていた。こうしたものについては…この世の誰もこの私ほど親密に知りはしないと自惚れていたのだが、それ以来さらにこんなにもいろいろと詳しく知るようになったのだった。」彼は今や色彩によってでも雲に寄せる愛を表し続けることができるようになったわけです。それもとても多作で、描かれた風景がまずその効果を空の景色からフルにひき出しているモチーフだけで一冊の画帳をすべて難なく満たしうるほどでした。彼は、まだ絵を描いていなかった一九〇七年にすでに、雲のスケッチについてこんなふうに述べていました。風景を入れずに雲の写真を撮れば、たいてい失敗作になるだろう。なぜなら、こうした場合、それらは動的な印象をほとんど再現できないだろうし、「そればかりかまた、それを見つめる者が距離のあいまいさを覚え続けさせられることにより、そのすばらしい効果が取り消されてしまうからなのだ。…雲が美しく意味深いものになるのは、まさしく雲が動き、そして私たちの目には生命をもたない空間である空に、雲が距離と容積とそれに間を生み出すからこそだ、と私には思われる。…鳥がささやかに行うことを、雲は大規模にやってのける。雲は巨大な空間を目でとらえることができるようにし、生命（いのち）を与え…それと私たちとを結びつけるのだ。」（十一頁）

ヘルマン・ヘッセが彼の人生の後半を過ごし、そうして、数々の本や絵のなかでこころに刻みつつ描いた結果、そうこうするうちに私たちが彼の目で見るようになっているアルプスの彼方の彼の第二の故郷をこんにち訪ねる人は、今ではあいにくその本来の魅力のなごりに出会うのみでしょう。当地も例外ではなく、人口の増加と文明の発達のおかげで、ヘッセの第二の故郷は私たちの人口過密地帯のようになってしまいました。ですから、ヘッセが一九四九年一月のある手紙のなかで次のように嘆くとき、それは、決して地域的なものに限定されない将来の発展の憂鬱な先取りのように聞こえます。「私たちに対するこの世界の恵みはもうあまりなく、ただもう騒音と不安だけでできているように思われることがよくあります。」それにもかかわらずヘッセは、一見したところではきわめてはかないものに思われるものの永続性を信じつつ、こんなふうに加筆しています。「とは言え、草木はやはり今もって生長し、いつの日にか大地がコンクリートの建物ですっかりに覆われていることがあっても、雲のドラマはいぜんとして見られることでしょう、それにあちこちで人間は芸術の助けを借り、神々しいものに通じるドアを開けておくことでしょう。」

1. パウル・テューラー『ヘルマン・ヘッセの詩における雲について』
収録『ボーデンゼーブーフ37』クロイツリンゲン　一九六〇年

訳者あとがき Nachwort

本訳書は、Hermann Hesse: Wolken. Betrachtungen und Gedichte mit Fotografien von Thomas Schmid herausgegeben von Volker Michels. insel taschenbuch 2367（ヘルマン・ヘッセ『雲』エッセイと詩 写真トーマス・シュミット フォルカー・ミヒェルス編 インゼル双書2367）を全訳したものです。

ヘルマン・ヘッセは、一八七七年七月二日、カルプというドイツ南部の小さな田舎町に生まれました。一九四六年（六九歳）にはノーベル文学賞を受賞し、わが国でもとても親しまれている作家です。訳書も彼に関する書籍も多数あります。ですからこの「訳者あとがき」では、ヘッセの略歴紹介はさておき、私が原本を翻訳するに至ったいきさつ、ひとりの読者として彼に感じる魅力、若干の解説、それに訳出にあたり注意を払った点、等々を書かせていただこうかと思います。またこのことが、本訳書を手にされた方にとり、予備知識なしにヘッセに魅せられ彼の世界へ歩み入られるきっかけにでもなれば、訳者にとってこれにまさる幸せはありません。

話は四半世紀余り前にさかのぼります。当時どちらかといえば理工系の学生であったにもかかわらずすっかりドイツ語のとりこになっていた私に、ヘッセを読んでみればと勧めてくださったのは恩師麦倉達生先生でした。それで私は、とりあえず初期の作品をと、『ペーター・カーメンチント』（1904）を選びました。辞書を片手に四苦八苦しながら読み進んでいくと、「この広い世界に、この私以上に雲のことを知り、雲を愛している男（もの）がいたなら、私に教えてほしい」で始まるあの節に行きあたったのでした。私は、雲という存在を介して披瀝（ひれき）された死生観にわが代弁

者を見つけ、雲について語られる雄弁さと熱っぽさに酔いました。それればかりか、ヘッセは「雲のような生涯を——さすらい、どこにも故郷をもたず、時間と永久の狭間をただよう生涯を」送ったに違いない、と予感めいたものさえ感じました。これがヘッセと私の出会いでした。

この感動の出会いの後、私はヘッセについて拙論を残すまでになりました。私がこれほどまでに彼に惹かれ、いやそればかりか折にふれて、葛藤する心のいやしと、生きる手助けと確信とを得たのは、ひとことで言えば、痛ましいまでに一徹に自己を追求してその完成をめざした彼の不屈の精神とその所産、それにその間に熟成された博愛に満ちたきわめて広量な生命についての考え方のためでした。それだけに、本原書の存在を知ったときには、なにか運命的なものを感じました。そして翻訳に明け暮れていたある日、インターネットでいつも訪ねるWelt紙のホームページを開くや、「ドイツ人の好きな詩　ヘルマン・ヘッセの『段階』」の見出しが私の目に飛びこんできたときには、驚きつつも私は、どこか妙に冷めていて予見が的中したときのような気持ちを覚えました。(注1)

ドイツ人が好きな詩として選んだ『段階』Stufen (1941) にはこんな詩句があります。「私たちは朗らかに空間から空間へと跋渉すべきであり／どの空間にも故郷のごとくに執着してはならない／宇宙の精神は、私たちを縛りつけ閉じこめることを欲するのではなく／私たちを一段また一段と持ち上げ、私たちを広げようとする」この詩は『ペーター・カーメンチント』執筆後三十七年余りして書かれたものです。つねに移ろい千変万化する雲に人の生のたとえを観たヘッセは、晩年においてなお、脱皮を重ねて生命を——世界そのものをはらみうるほどに——ふくらませるべきだと唱えています。ヘッセの生涯はまさにこの信条の実践であって、残された作品からはそれが如実に読みとれます。

ヘッセの作品の根底には彼が生きた生があり、作品は人生のひとつの段階がくぐられたことの証となっています。しかしながら、作品のこのきわめて個人的な性格にもかかわらず、それは文学作品として昇華され、個人的なものを

突き抜けて普遍的なものにまで高められているために、自分探しをする読者にとっては、各人の人生を重ね合わせやすくなっています。それゆえに、社会との軋轢（あつれき）に苦しみながらも自分探しをする人々がいるかぎり、ヘッセは彼らに感銘と励ましを与え続けるように思われます。また海のうねりのように繰り返し押し寄せるヘッセの根強い人気の波の秘密もここにこそあると考えます。たとえば、先に触れましたアンケート結果がこのことを裏付けてくれています。

本原書は雲に関する詩やエッセイの撰集ですが、この撰集にもヘッセの自分探し、精神の彷徨の跡をたどることができます。たとえば、外の自然から内なる自然への視点の変化を認めることができます。この撰集におさめられた数多くの初期の詩は、たいてい美しい自然を歌ったものです。ところが『曇り空』には次のように記されています。「それからまた今日のように、自分はそもそもこれまでに何かを見て聞いて、そして何かの臭いをかいだことがあったのか、自分が知覚していると思っているすべてのものは単に、私の内なる生が外に写し出された像にすぎないのではないのか、分からなくなりかねないことがある。」

『曇り空』は一九一八年に書かれています。ヘッセの人生は第一次世界大戦の時期に一気に暗転し、彼は精神分析療法を受けるまでになります。そしてこれを機に彼は深層心理学について造詣を深めていきます。『デミアン』(1919)はその結実であるとも言われ、この時期にヘッセの「内面への道」と呼ばれるものがはじまります。人間の内なる自然、無意識の深層に光が当てられてこれがえぐり出され、内と外との神秘的な混淆が認められるのがこの中期の特徴のひとつと言えます。

『セイロンの思い出』ではこんなふうに言われます。「しかし私たち自身は別であり、ここではよそ者であり、市民権をもたない。私たちはとうの昔にこの楽園をなくしてしまって、私たちがもち築きたいと願う新たな楽園は、赤道にも東方の暖かい海辺にも見いだされない。これは、私たちの内に、そして私たち自身の北国の未来にあるのだ。」ヘッセ

は一九一一年九月始めに画家シュトゥルツェンエガーとともにインド旅行を行っています。この旅行の動機についてはいろいろな説明が可能ですが、当時の時代思潮に照らして見てみると、自然科学が未曽有の発展をとげ、生活の機械化、人間の疎遠化、伝統的文化の崩壊など危機的状況を招来した前世紀末の反動としての東方への憧憬があった、とも考えられます。しかしインド旅行は先の認識で終わり、ここでも人生のひとつの段階があとにされたことがうかがわれます。そしてこのことは『シッダールタ──インドの詩』(1922)のなかで形を変えてふたたび示されることになります。

本原書は、かぎられた詩とエッセイなどの撰集であるにもかかわらず、ヘッセの精神の彷徨の跡をこのようにたどることが可能で、しかも、ヘッセがこよなく愛した美しい雲の詩にひたりつつ、彼の信条に身を重ね委ねることができる珠玉の撰集であると言えます。しかしそれだけにまた、訳出にあたってはいろいろな工夫を余儀なくされました。たとえば雲の美しい色を表すドイツ語を日本語に置き換えるさいには、日本人にとってできるだけイメージしやすい表記を選びました。また雲の姿やその他の風景が読む人の眼前に浮かび、ヘッセのその時々の心情を追体験できるように心がけました。そして観念的な事柄が述べられるところでは、往々にして長くなりがちなドイツ語文を短く切り、その意味と調子を損ねることなく日本人の思考過程に合って通りがよくなるように配慮しました。

最後になりましたが、ヘッセとの出会いを作ってくださり翻訳にさいしてご助言を賜った麦倉達生先生、そしてヘッセとの出会いをこのような形で結実させるまたとない機会を与えていただいた朝日出版社に、それぞれ衷心より感謝申し上げる次第です。

1. .参考のためにアドレスを記しておきます。原稿を読み、詩の朗読を含めて音声で聞くこともできます。
なお、アクセスは自らの判断に基づいて行ってください。
http://www.welt.de/daten/2000/07/03/0703vm177470.htx

ヘルマン・ヘッセ 略歴紹介

ドイツの抒情詩人、作家。一八七七年七月二日、南ドイツの小都市カルプに生まれる。十五歳の時にマウルブロン神学校を脱走した後、時計工場の見習いや本屋での販売助手などを経て苦労の末に初志貫徹、詩人になる。トーマス・マンやロマン・ロランとの親交を深める。ゲーテ賞(一九四六)、ノーベル文学賞(一九四六)、ラーベ賞(一九五〇)などを受賞。一九六二年八月九日モンタニョーラにて没。わが国では、『ペーター・カーメンチント』(一九〇四)、『車輪の下』(一九〇五)、『青春は美わし』(一九一六)など、とくに初期の作品がよく読まれている。

倉田勇治 訳者略歴紹介

滋賀県に生まれる。現在、滋賀大学や関西大学の兼任講師としてドイツ語教育に従事し、ドイツ語学習ソフトの開発に取り組む。最近のものとしては、『ビデオで学ぶドイツ語』(朝日出版社)や『CD-ROM アップtoデイトドイツ語』(朝日出版社)がある。

雲 WOLKEN

2001年4月16日初版第1刷
2001年7月2日初版第2刷

著者 ヘルマン・ヘッセ Hermann Hesse
編者 フォルカー・ミヒェルス Volker Michels
訳者 倉田勇治

発行人 原 雅久
発行所 株式会社朝日出版社
東京都千代田区西神田3-3-5
電話 03-3263-3321

デザイン・装本 郡 幸男〈エステム〉
印刷・製本 図書印刷株式会社 Printed in Japan
DTP制作 株式会社エステム
書籍コード ISBN4-255-00068-9 C0097

HERMANN HESSE
WOLKEN

Betrachtungen und Gedichte
Mit Fotografien von Thomas Schmid
Herausgegeben von Volker Michels
insel taschenbuch

Japanese translation published by arrangement
through Orion Literary Agency, Tokyo

Cover Photo (Hermann Hesse) : Schiller-National Museum/Orion Press